人。雛。

黃翰荻

推薦序

文有別趣

黃錦樹

有段時期，我的夢經常經常具有某種連續性和預示性，而且是彩色的。有好幾回，我發現我身邊正在進行的事曾在我的夢境中出現，我幾乎吐出身旁的人即將吐露的下一句話。

出國前兩夜，我夢見五根金色巨鉤嵌在自己無頭無足水晶明澈的軀幹裡，像件美麗的雕刻，沒有痛楚，也沒有激情焦慮；而後我的手（我的意識告訴我那是我自己的手）探入體內，循著鉤的倒刺將鉤一一退了出來，夢便結束。

我曾張目看過死亡的花朵開放。「死」是沒有顏色的。

——黃翰荻，《止舞草》

《人雉》是本相當有趣的書，甚至可說是近年散文界罕見的一朵奇葩。雖然某些文章文類的歸屬容或有些疑慮——就一本書而言，這幾乎是個無關痛癢的問題——我們還是籠統的把它歸於散文吧。散文在最寬廣的意義上即是對立於詩的總類。

黃翰荻的文章別有異趣，有一股難得的野趣、古趣。它的有趣一方面來自於表達方式上的與眾不同，再則是來自它的語言風格，二者當然是緊密相關的。表達方式之所以與眾不同，來自於作者的文學觀、世界觀和當今文壇的風尚有相當的差異，那又立基於不同的生活方式。

在我們的時代，散文可能是被馴化得特別嚴重、也最能反映民國—台灣國民教育成果的一個領域。那多半還是得歸咎於師範國文系的文學想像（典雅、溫柔敦厚、文），對語文表達的規範（符合各種部定的修辭格），經由大、中、小學教育長期的教學規訓，再經由文學獎、選集這些承認機制的進一步規範，「野」這東西就和雉一樣，已很難在這島上生存。要「野」，就必須拒絕體制，也意味著被體制拒絕，但那可能是個性化、個體化的極致。用書中的表述，即是必須採取一種「退步主義」（「帶病的退步主義之身」（〈病與觀音〉）），一種積極的逆俗（〈退步主義〉）。而在這個被持續的工業革命發達資本主義時代，往往就意味著退隱鄉間，「小隱於野」，採取不同的生活方式過日子。「彼時我因震駭自己淪為島人無情貪婪血汗工廠的劊子手，處於一種身心俱廢狀態，……年齒正壯的我在養病中成了一個空心人。」（〈病與觀音〉）故選擇「抽身而退」。因而書中每多憤世之言——有時竟有幾分舞鶴的廢人調。

「打開信箱，盡是這時代特有的無趣……名人忙，沒有時間一再深潛，所以在不知不覺中退步。名人總是應運而生應運而死。」（〈老頭與鬼〉）

「然此蕞陋小島的許多觀念藝術都和尿死一株草差不多。」（〈尿死一株草〉）

「攝影進入荒誕的所謂「民主化」之後，便失去了真正的讀者，大家都當「作者」去了，包括我在內。」（〈拍攝墳墓的人〉）

「我們想擁有一塊怎麼樣的地？如果我們種的是自己。」（〈假如我有一塊地〉）

《人雉》野性難馴的文體，就源自那樣的生活方式和自我定位。時而荒誕、時而執拗、時而奇幻、時而悲憤，時而抒情；行文汪洋曼衍，不拘一格，頗有《莊》、《列》遺風。時見寓言筆調，所以敘述者不一定是你、我、他這類代詞，可以是黃欣、禺毌、笑栽、卯生……有的還像人名但有的就是個寓言的敘事者。而人與雉、人與鬼、芭蕉與鳥之間都能對談，螳螂會唱大戲……，都饒富古風，古代筆記小說如《太平廣記》中亦常見此類筆法。那也源於作者對觀察這個世界的濃烈興趣（所以會有「賞了一陣子野草」這樣的句子），而別有體會。其中最典型的例子是對墳墓的興趣，他認為墳墓可以「顯現這個島嶼的文化地層」，移民文化從墓場確可看出一些端倪。確實，墳墓也會說故事。「墓場常洩露時代的歷史狀態……你走過越多不同的地方，看過越多不同的墳墓，你越了解它們的歌吟。」（〈拍攝墳墓的人〉）那對死亡還得有一種豁達。但即便是對生態浩劫苦澀的反思，表達上也與眾不同：「一隻盆地特有種，專以耳朵獵殺蟲子的大耳怪蛙游近，跳在他頭上，一人一蛙開始認真思考：在這資源有限的世界遊戲場上，不倚賴耳朵，當怎麼活下去？」（〈耳人〉）或如〈勸世歌〉般的〈毋貽盲者鏡〉廣用排比，以散文裡罕見的筆法，文言白話錯雜，諷世勸世：「盲者雖不能見有形之形，可以見無形之形，教之以『金目』，便知『人各哀其所生』。」

筆法的怪異使得黃翰荻的文章不會流於平淡無趣，而是處處波瀾，宛如郵票的鋸齒，鈍刀裁出的毛邊，「散文家」看了只怕要皺眉頭的。對我這樣的一個讀者而言，卻是怪得有趣，集子中大部分的文章都堪稱妙文。作者本身具備的多種藝術涵養很顯然有力的輔濟他的寫作，彷彿可以隨時打開不同的窗，迎風觀月。

另一個重要的原因是作者對台語文字化的堅持。不是那種自我殖民化的傳教士羅馬字台語，而是晚清國學大師章太炎《新方言》主張的，為方言今音找回它遠古的肉身（字形，詞。中古，甚至上古漢語）的白話文。相較於向傳教士借洋殼，這是條非常難走的路，對當道的本土意識型態而言，也相對的政治不正確——它預設了漢語古籍是「台語」的根源，難免有「統傾」之嫌。但正因為作者的堅持和實踐，借用俄國形式主義的語彙，這其實是場難得的詞的復活的文體實驗；而這一點讓黃翰荻的文體帶著一層怪異的古意，甚至一種苦澀。從現代中文書寫的歷史來看，這是我所謂的華文的有趣個案——拒絕走向平順流麗、剔盡方言詞彙的純正中文。閩粵兩地的方言遺產特別有可能讓有心人藉由援引方言，一定程度的忠於自己的口語，為自己的文學建立一種相異於北方天朝的獨特性。代價之一當然是不被他們承認。

但身為閩南人，有好些詞我還原不出方音，得從註解去揣度。蚼蟻（螞蟻）爪鼠色（老鼠色）飰缸（飯鍋）「敧在樹下」（站在樹下）「野雞髻花」（野雞冠花）……這些都沒問題。但有的沒註就如對古文，茫然不解。如「惷愚」，如「這谽谺的幽壑還座落在醭光裡」，如〈蜩甲〉。我上網略查一下，「惷愚」原來是我們都很熟的愚蠢，「惷」是異體字，典出《一切經音義》；谽谺，唐詩屢見，山谷空曠或山石險峻。〈蜩甲〉，《莊子‧寓言》：『予蜩甲也，蛇蛻也。』成玄英疏：『蜩甲，蟬殼也。』」都不在我既有的閩南語詞庫裡，多半是我自己的詞庫還不夠豐富。

另一方面，作者這樣的寫作路徑，又讓他像個本土現代主義者，語詞坑坑窟窟或多石礫的，只能讀普通話的讀者只怕會望而卻步。「錢，當時在外公家，是每日自己會生腳行入來的」(〈第一間房子〉)「女人腹如白雪、兩腿似蛤深納他的慾望，像海一般激烈波動起來，他則自恃為帆又自恃釣者，等女人化為魚。」(〈半日〉)「鳥頭長了一顆老人斑」(〈尿死一株草〉)這樣的句子像不像舞鶴？但黃翰荻和後者的決定性差異在於，舞鶴的世界幾乎被性的土石流淹沒了，被放大的男女生殖器成了本土的絕對象徵。而黃翰荻這裡，山川草木並沒有淪為次要、甚至微不足道的布景陪襯，作者對草木蟲豸是有情的。論異色感，有時會讓人想起雷驤，但雷驤的筆調其實非常陰柔，黃翰荻卻時而暴烈。內視的開啟上，黃也更為頻繁，更為狂野或明淨。別忘了，《止舞草》還曾經啟發《妻夢狗》作者開啟夢的眼睛。其文生猛有力處，令人想起邱剛健〈再淫蕩出發的時候〉那類詩。

《人雉》中夢的強而有力，如〈病與觀音〉，一段剛開始就結束的昔日情緣，一個夢替代了一種可能的未來結局，提前終結另一種可能的人生。如此而能在敘述上開啟一個幻境或童趣的向度，和夢的調度功能相似，那也常是這些文章裡最美的片刻。從詭麗的世相、幻相，有時可以引渡向片刻的了悟，如夢：「一截佛指墜落在澹明搖曳的燭影下，雖朽壞了，卻猶柔軟、流麗、靜寂，髣如佛的本體。」（〈佛指〉）及諸如此類不可思議的段落：

「爸爸，你的眼睛吃了什麼？」

「眼睛當然是吃它看見的東西。」

「它發亮。」

他伸手摘下右眼，照著月看……啊！目珠中有一顆金樹，莖幹上停滿鬼面天蛾吶！（〈鬼面天蛾與公木瓜〉）

那種詭麗、超現實的畫面感，時而妖仙乍現而近乎《聊齋誌異》，或許源於作者的繪畫訓練，那是一種特殊的視覺能力，藝術家天啟般的內視，一種敏銳的直觀，彷彿可以看出超出現象之物。在最表面的意義上，那當然也是一種陌生化的敘事策略，就像作者常引介西洋古典樂。或藉由「由李漁的傳奇《蜃中樓》走出來的」耳朵被養得特別大的畸人，來陌生化我們熟悉的世界。

作者當然也在尋找詩意、營造意境。而回憶童年住處、宛如一部家族史大長篇之餘光殘骸的〈第一間房子〉，某個抒情的瞬間（內在風景）可作為概括。像一幅發光的油畫，詩意盎然——

> 窄巷和大溝垂直交叉處有一方小空地，地面上用成人手腕粗的竹子搭了一座葡萄架，春日裡葡萄藤涓出的嫩綠，以及夏盛熟果中碧酸夾揉的一包青甜，幾十年都用一只水晶碗盛放在記憶裡。

猶如〈佛指〉裡「某個寒天，半夜醒來，他看見他的大畫桌上不知何來一只大白盤，盤中所盛正是那截佛指。」也是幅明淨的畫。恰可隱喻作者運用如此獨特而蕪雜的文體寫作所追尋的某種純粹的藝境。

附記

我並不認識黃翰荻先生，為前輩的書寫〈推薦序〉感覺也不太像話。我和他的因緣除了同姓之外，大概就是十多年前都曾在楊淑慧的元尊出版社那裡出過書（彼《止舞草》；我，《馬華文學與中國性》）。

但我們也不乏共同處。我也持「退步主義」，選擇住在鄉間。愛書，蓄書數千，然猶未屆散書之齡。對墳場也感興趣，雖沒見過鬼。租了小塊地栽花種樹，不施藥，但也得忍受愛噴殺草劑的本土鄰居時時飄來惡臭的殺氣。

兒子一歲多時曾以單指大戰好鬥的綠螳螂雙鎌數百回合，不分勝負。彼時居處左近多樹蛙與竹節蟲，夜來蛙鳴如雨林，雨後花香醉人。

近年養了一窩晚上堅持住高樹上的白雉，凶狠的大公雞且曾以飛啄打敗我唸國中的大粿女兒，一瞬間，伊的粗壯「豬跤」上留下深深的喙痕。

年輕時讀過章炳麟《新方言》，思考過方言寫作的問題。自己多年來也寫一些「有的沒的」，但方言古字並不熟悉，閩南語詞彙亦不足以支撐寫作。受出版社委託讀黃先生文章時，習得「飰」字，故將甫完稿之散文〈鹹飯〉易為〈鹹飰〉，方捕獲鄉音，那也是先人遺音。

寫完本文初稿後得讀《翰荻草》，始知黃先生曾親炙民國—台灣學界傳說時代諸名師（鄭騫、魯實先、君毅、牟宗三等），那些先生都我老師的老師輩了。無怪乎作者時而能重新賦某些傳統文論的概念予活力，也能洞見傳統抒情主義的深刻處（如〈懷念呂璞石〉中所言的「『限制』使『自由之力』往一個點上深掘」，以致顯現出「『簡潔、重複』兩大聖像特質」）；汲取古人的詩情，詮注當代巨匠的畫意。

在我唸台大中文系時，已是「雞棲於塒」的黃昏時刻了，當然那也可能只是我自己的主觀感受。

昔年楊淑慧贈予的《止舞草》不知流落何方，只好上網重購一本，赫然還是一九九六年的初版本。躺在書庫裡近二十年，還是新的。晚兩年出版的《馬華文學與中國性》庫存多半早已壓成紙漿，流轉生滅不知幾回了。

二〇一四年十二月二十四日初稿
二〇一五年一月十五日補於埔里牛尾

一 見我的〈華文／中文：「失語的南方」與語言再造〉，《馬華文學與中國性》（增訂版）（台北：麥田出版，二〇一二）。

自序

六十歲學寫東西，如今要結集出版，境界現前，說心裡沒有波動是騙人的。書前，我想對或多數或少數真正的讀者說幾句話：這本書的三個主題是：「老」、「欲望」以及「所見皆妄」。

「老」是《列子》所說「人生四化」之一，「四化」是嬰孩、少壯、老耄、死。人老了，若不善學與老相處，便不知不覺往下墜落，因為生命中的黃金開始褪色了。有一點可能很少人注意：人四十歲就開始老了，然而不顯，到了五十歲便昭昭在目。人老了最怕起「貪欲」，然而也有不老的人貪欲熾盛，駭人心魂。

「欲」是生命的動力，然而「貪欲」卻是最大的「無明」，「無明」使人生「邪見」。有人看了「邪見」二字或要生出惡感或懼怕，其實「邪」字本義是「斜出」的意思，也就是杈離了初心。書中的豬當然是「欲望」，不過或者有不少人不知道佛教中兔子也代表「欲望」，我自己屬兔。書中描畫的一些人物，難免會有人猜：這是某某人嘛！這倒不必。我們都是「幻客」，都是「欲望」的化身，雖則有些人的妄誕確實超乎眾人擬想。世間人、事，皆緣合而生、緣散而滅，所以說「所見皆妄」，「妄」是「不實」的意思。

至若有人質問：「為什麼要用這樣的語言？」我只能歉然地說：「我想要描述的一些人都只用台語表達，不說台語就不是他們了。」台語雖然「竹篙鬪菜刀」（隨興拼湊，方言皆如此），可是還保留很多古字、古音、古義，四十年前在台大旁聽鄭騫老師的課，鄭騫老師便常常這麼講。二〇〇九年因為老友熊暉的關係，「明基友達基金會」贊助我做了兩年「台語由漢文化系統發源」的研究，我開始真正發現，小時候身邊那些不怎麼識字，甚至可以說是文盲的親友們，在他們的日常生活中口裡吐出很多中古漢語的化石而不自知。這對已經開始步入初老的我是很大的震動。於是我開始面對「如何把方言和普通話（以前稱『官話』）結合在一起用來寫作」的問題，這個問題可以上溯至敦煌變文、宋元明戲曲、宋明話本，下至出生於彰化自幼熟讀漢文書籍的楊守愚小說。想必有人對我這樣的文字要深皺眉頭，不過這也是莫奈的事，套陳寅恪的話，我正是深受這種文化所化的人。我五十歲前後生了一兒一女，兒子頗愛台語，女兒卻絕口不講，有一回我問她：「妳為什麼不講？」她答：「講台語的都是那樣的人！」這「那樣的人」四字便引人深思，點出漫天蓋地的台語研究以及鄉土語言教育的困境，文化不能和政治意識型態混為一談。我一位極聰慧的女性朋友曾在閒談中一言穿心：「文化是世界的遺產，誰伸出手去，誰就得到它。」我們學習希臘、羅馬、印度、波斯文化，並不是想成為異代異國的人。然而若無小學(文字學、聲韻學、訓詁學)的基礎，不廣讀漢語經典，很難體會台語文化的深華。其實何止台語？整個閩、粵方言體系皆是漢文化的重要礦脈。這些年白先勇大力鼓吹崑曲文化的再興，以閩南方言唱舞的梨園千年古戲價值實不遜崑曲，對台語懷抱深情的人不能不注意。又，由重編的唐慧琳《一切經音義》中，我們發現閩南頗多日常口語出自早期漢譯佛經，只是後代的人不明了。我把台語納入我的寫作裡，目的在為一些我個人生命中不能遺忘的人招魂，也想把閩南文化傳給更年輕的一輩，當然包括我的小兒、小女。我把

「註」亦當成我的寫作的一部分。

創作本身很奇妙的，它令你微微痛苦，但卻把你帶到前所未知的境地。若以數學做喻，它是矩陣，不是四則運算。

是以為序。

鄰虛塵齋

黃翰荻

目次

人雉

今年早冬，雨落得連底褲都強欲生菇，一透早，天猶烏鼆鼆。他燃了佛燭拈了香，靜坐在門邊披獨論藏，雨滴滴落落在廊外的枝葉上唱響，便沉入另一種境界。

待回得神來，意外發現日頭竟起了金赫赫的巡行，於是起身軀推後門往外去。「嘎！嘎！嘎！嘎……」一只野禽撞了桑枝又復撞了檳榔樹的尾稍，飛射出院落墜隱於幾十米外的荒田。他心底浮出一朵笑花，對不起吶……原本他心欲觀察那只多日淫雨後竟爬懸歇在鋁梯頂處的大蝸牛，人禽相驚，全忘失去。

溫度把他心愛的「朝顏」催發了，紫花酸漿草也是。西方山窪，雲似一道屏風蒸立；東向一對黃粉蝶乘著細細的上升氣流繞舞，旁立一株簪了滿頭金果的苦楝。

「好品味！」他忍不住讚嘆起這隻雉來。

他認得這隻雉，有好幾回都在廚房東向的窗百葉後頭窺牠。都是晴日，總背對屋子站在那棵龍鱗的苦楝樹蔭底，左方一小株月橘，右後方是香氣沁人的無籽檸檬，視線正前是一排稀疏的檳榔做成的地界，然後往外是稻田、菜圃、玉米田、圳溝、野地、溪河及海岸山脈，圳溝裡游動一道道金蛇，響著潺潺水聲。牠每隔一陣子便發出「咯」一聲，剛開始以為牠一邊走一邊啄食，誰知不是，只獨自立定一地不知思些想些什麼。像一種奇異的相處，他總刻意不驚擾牠，一人一雉形成某種難言的世界，有時維持幾個小時，也不知牠什麼時候離開。

這棟房子就站在島上兩座大山之間的谷地正中央，兩座山都由地心無數小紅人舉著緩緩移動，它們是活的，兩者間做每年五公分的相對運動，終有一天，右手邊這座山會離開左邊這座山，不過島上大多數人都不在乎或根本不知這樁事。他之所以占著[一]這個所在，是因為這左近像煞他小時候住的地方，當人們起床猶未及吃早飯時，溪河裡的魚已經躍出在空中捕食蟲子了，常見太陽和月亮同時出現在頭頂上，白雨遠遠來了又去，閃電在夏日的遠野奔跑，一大片草地上飛滿蜻蜓，冬日可以望見遠方的山頭染白，這些都是當年台北每一個大小平人百姓所擁有的，如今幸還存在這裡。

當然不同地界自有不同趣味。廿年前他們剛遷至這片谷地，到處猶種滿製糖的白甘蔗，蔗叢裡若無農事，罕得有人行踏，夫婦常腰配小山刀散遊其間，愛犬斑斑時衝入蔗陣，驚起十數隻燦羽。這些華禽在此不知繁殖有多少代了，不過後來蔗田廢了，便恆見牠們在人園、荒埔裡覓食。有時草長，竟分不出是雉嚇了人還是人嚇了雉，從腳下兀地冒射出一枝羽箭，「噗」「噗」「噗」一片驚振，穿空，而後乘三力之合緩緩歇落，語言竟成無用。

家裡這方地因長年不噴藥，很快就被牠們發現，開始牠們只在冬日食物匱乏時，趁清晨無人繞著檳榔園籬三步一啄五步一鳴。躺在床上，你可以想像：牠在東邊……哦！現在到荷花池了……牠轉彎了，現在繞到南

一　占著：台語，「設籍」的意思。語出《後漢書．明妃紀》。

邊……又轉彎了，現在在桃花心木下……。待得霧退，啄食聲也隨消散。

後來牠們慢慢進到院裡，幾度他騎單車晨運回家，遠遠看見雉雞勁射入半野的院落，心中涌生奇特的快慰，鄰居有批評他不砍草、雜樹亂生的，他笑著賠不是，卻常拖到非動手時才動手。有一回見一隻黑黃炫目的小眼鏡蛇由前院游入鄰田，長日不能得忘。不知怎的，這雉和蛇常令他想起克利夫蘭博物館收藏的那件蛇鶴木雕漆器，牠們好似由古遠的時空穿行而至，這便是自然的深妙，他對自己說。

因為有了年歲，午飯後例必小眠，老了以後少夢，今日卻意外夢來。那雉還立在廚房百葉窗外同樣的位置，他也如常窺牠，雉稍側了一下臉面，似睨非睨，竟發出聲來：

「你以為我不知道你在後面睒[二]我？」

他心頭怵一下才回神答：「我只是好奇」

「你知道我是誰？」因為意[三]不著，所以他默然了。

「晚上等你的妻子、孩子們睡去，到葡萄架下來。」說完竟烟逝了形體。

二　睒：台語，「偷窺」意。佛有《菩薩睒子經》。

三　意：台語，「猜」也。

他記得佛書說：睡夢也是活生生的實相，整個宇宙就在其中顯現。

夜深以後，女人和孩子同花做夥[四]睡去，他輕輕爬了起身，走到葡萄架前把兩側石燈中的紅燭點亮，背攏著手站在那兒。因為冬來，葉都落凋，只餘粗藤盤滾在架上，上弦半月映著南天，空中幾朵清雲。

「你果然來了！」一線銀絲般的聲音穿入耳根。

不知何時那雉已然立在葡萄架外那片半人高的蕨草前，這是他頭一度和牠面對著面，雉的身上煥發出一股神采緊緊裹住他。

「你喜歡南戲？」

他點了點頭答：「好的南戲。」

雉用深邃的目光久久看著他，然後一頷首，往側面走了幾步，突然消失了。

他正錯愕，蕨草中傳出細細的簫管聲，就在方才雉立處憑空出現一片面巾大小的暗紅氍毹，叢草後轉出一隻螳螂，螳螂頭上束著一頂人面冠，碧

[四] 做夥：台語，「一起」。

玉的蟲子被深紅托住十分好看。

那螳螂以牠腰下的三隻腳三點立定，另一隻腳懸空，高舉刀鐮運一種深蓄的姿形，且歌且舞起來：

【正宮調】《點絳唇》（甩雙鐮如袖，踏步，轉步）

俺本是避難辭家，遨遊許下，登樓罷，回首天涯。（聲蒼涼悲憤，下轉激昂。）

不想道，屈身軀，扒出他們胯。（垂首，抬首）

《混江龍》他那裡開筵下榻，教俺操槌按板把鼓來撾。

（一點鼓）正好俺借槌來打落，又合著鳴鼓攻他。（望向前方）

（雙鐮分舉如往上甩袖）俺這罵一句句鋒鋩飛劍戟，（收鐮側身，臂分上下，展鐮）

俺這鼓一聲聲霹靂捲風沙。（正身還臂）

嘚！曹操！（分鐮做指鼓皮狀）這皮是你身上兒軀殼，（做比槌狀）這槌是你肘兒下肋巴，（做敲鼓邊釘孔狀）這釘孔兒是你心窩裡毛竅，（翻鐮豎舉比做獠牙，後分劃鼓沿）這板杖兒是你嘴兒上獠牙。

（二點鼓）兩頭蒙總打得你潑皮穿，（一鐮前指，瞪眼）一時間也酹不盡你虧心大。

（一鐮上舉於頭側）且從頭數起，洗耳聽咱。

唱到此，一收鐮，轉身定定看他一眼，便自去了。他整個神魂都被挽[五]住，立在那兒。

源自童年記憶，苦心經營多年的綠葡萄架，竟成一座奇妙劇場，好似全為這一刻。那螳螂也在這葡萄架上住了好些年，夏日他們採葡萄釀酒時別曾遇過。那麼這隻雉是……

「半生落魄已成翁，獨立書齋嘯晚風。筆底明珠無處賣，閒拋閒擲野藤中。」

遠處有歌聲傳來，他好像看見葡萄架倒了，可是又立了起來。

「璞中美玉石般看，畫裡明珠煞欲穿。世事模糊多少在，付之一笑向青

[五] 挽住：台語，拉拔住，扳住。

天」

他忍不住亦狂歌答之。

隔一日清晨，他那酷愛手塚治虫漫畫和樂高機械人的美人兒子問他：「ㄅㄚˊ˙ㄅㄚ，你昨天是不是喝醉酒了？」他淡淡笑了一笑。這樣的事跟一個十歲小童是講不清的。

他在竹籍子[六]頂攤開舊藏多年的〈白燕詩卷〉行草原寸複製，一字一句細細地看，一面回想那只碧螳螂在曲牌歌聲中挪移身形、運舞雙鐮的奧妙。又翻出縱橫睥睨、酣暢恣肆的〈葡萄圖〉，那些墨點子好像都還新鮮到剛由利斧劈裂的頭殼裡濺射出來。

想到那隻雉，他的心不覺深深波動起來。

「噫！龍耶？豬耶？鶴耶？鳧耶？蝶栩栩耶？周蘧蘧耶？疇知其初耶？」

——徐渭《自書小像贊》

六 竹籍子：台語，竹蓆。

自註

徐渭，有明一代，奇絕之人。早年孤僻怪誕、聰明多智，後大悟，胸懷超邁，不與俗人合。在生時常不得意，有顛狂之疾。四十六歲時在幻聽、幻視中殺繼室張氏，獄裡待了六年多。曾自持斧擊頭，血流被面，頭骨皆折，揉之有聲；又曾引巨錐刺耳，深數寸，流血幾殆；以椎擊腎囊，碎之不死；在詩中嘲笑自己用竹針貫耳以「免魑祟」：「踉蹡攢八針，邀呼輸四字。」一生平故事悲慘不下西方梵谷，死時身邊只賸一片破薦子，然卻為後代遺下許多凡胎俗想所不能及的書畫、篇章。

他一生奇事、奇行、奇夢、奇想，多保存在詩、文中，如「昨見食偶人」句，便驚心動魄。又在獄中《註參同契》書成時，得一夢：「夢小溪，蟹如斗大，脫殼出嬰兒，已而復入殼。」

據說徐渭「音朗然如唳鶴，常於夜中呼嘯，有群鶴應焉」。他曾稱自己的《四聲猿》：「所作鄙陋，如山野猿啼耳。」書名當取自杜甫「風急天高猿嘯哀」句，傳說猿喪子，啼四聲而亡。

徐渭的傳記電影，大概只有李翰祥加胡金銓的才華方能拍得，惜乎兩人皆已作古，惟以待來者。

鬼面天蛾與公木瓜

已經不得能知，當初究竟是無心中把種子灑落在後堦下，抑或是鳥兒在院裡覓食遺屎種下的因，總之一棵小木瓜樹就那麼從鋪石地的隙縫中升起。

剛開始，他沒多怎麼注心思去想它，一棵樹長在門外那片艾草地上，好像給整個後院多添了一分不一樣的趣味，況它不是那種蔓根兇狠，會把屋牆、基址撬壞的植物，所以不去動它，只當養了一隻碧綠的、不會到處走動的寵物。

一個早秋午後，他空著心靜立在堦簷下，這才發現它已經長到胸口高了，一只小灰蛺蝶斂著翅膀如立葉般擬態歇在它的嫩黃尖芽上，而就在旋射出長柄掌葉的高莖處，也趁不覺發出幾枝幼弱可憐的花，那枝花如鹿角般一節又一節細細杈生，純是黃碧雕成。

又過了些日，一位溫雅的直笛老師來家做客，也發現這棵樹，說：「這是公的，不會長木瓜的。」他明白客人話裡蘊藏的意思，可是基於對色相的執著，不肯砍去。他常站在已然越過他頭頂的樹下，吸啜那好像不曾間斷過的由木瓜花裡伸出的芳氣，「是微妙的香蛇。」他這麼想。

樹隨著草舉升，草也隨著樹漫長，砍過十來遭院草後，樹也長成成人小腿肚那麼粗壯，蝸牛大大小小的開始來把它當成遊樂場，地氣發動時人面蜘蛛也在下方的文殊蘭上設了獵場，最奇怪的是它竟冒出幾條帶著長柄的細細瘦瘦果子。種稼人家出身的直笛老師鐵口直斷：「長不大的。」不過因為既把它當寵物養，當然意不在果子，從來不聽說有人養貓是為了從貓身上取出貓奶。

心雖這麼想，卻在一日憶起幼小時曾聽聞人傳的一個土法：「木瓜若不生，用破柴刀去斫伊，抑是用鐵釘子去釘伊，伊就生。」用菜刀斫顯得殘忍，於是便領著兩個小兒，在一朗日下把七根長釘如升梯般繞旋著釘入樹幹裡，當做一種博物實驗。他用兩指拾起幾朵似黃玉雕成的尚未蔫去的小花托在左掌上，跟兩個孩子說：「湊近聞聞看，有木瓜香味吶！」不只這樣，他常坐在這芳氣裡看書、寫字，累了就起身用眼把它金熠的樹身挲摩個遍。

事也妙，這公木瓜樹不知是不是真如科學上的解釋，因為獲得了鐵質，所以把原來如烤白薯般大小的果子增生至五、六倍大，可細瘦的果柄卻不加粗，就那麼怪異的綴著。好！就等著它們成熟！顯見人對自然的了解常是自劃的。

幾個月過去了，奇哉！這些果子老不熟。樹繼續長著，花莖葉柄也未停地旋升舒展往藍空鑽去，果子好似被樹遺忘了就掛在那裡停住，就連十年前和這家人一起從山腳下搬到這新所在的攀木蜥蜴也感覺到不尋常，罕見的出現在這株新植物上。牠的出現引他想了很多事，等他回過神，石龍子先生已逝去身形，只留下一幹枝柄脫落後遺下的蛾形浮印。

有陽光的日子，葉子如金，細碎的花劃過氣流沾在蛛網上，成了因陀羅珠照見的世界。陰雨連綿時，蝸牛一隻隻沿著樹幹往天頂爬，做什麼呢？不知道。為了掉下來嗎？豈不跟人一樣？一天，他忽想起陳英雄《青木瓜的滋味》，即把果子摘了，讓小女兒學削皮、刨絲，用糖、鹽、香油涼拌醃起，就著麵慢慢吃。那滋味令他想起他極喜愛的一位禪師所說的：「綠葉即陽光。」

不可思議的是，就在他們吃完果樹下方這幾顆青果子後，又往上約莫一個半成人高的莖幹處竟湧出更多的果子，還同前一樣吊在一條條細柄上，狀如舊代小說中可以掛在女人肩頭的「布袋奶」。因為經過頭一回的練習，人和樹都像免去許多操慮。樹的底幹增粗了，復杈出五根枝幹，似雜技表演中一群男女疊乘在一輛腳踏車上，每一枝還輪轉輻射吐出花、葉。若以植物的知識去探究，土壤底下必也行著驚人的變動，好大的力量啊！

月牙在山的髮際露了那麼一回臉後，雲雨便好像蓄意作弄正在做月形觀察的小兒子，直到有一天清晨，他推開後門，發現淡泊的半月恬然懸在中天，三足日烏已在東方灑出金網。嘿！有從未見過的小飛行物穿梭著木瓜花莖飛飛頓頓。牠的飛行技巧很厲害的，可以快速拍動翅膀，在空中停住整個軀身用吸管狀的長嘴去啜花蜜，梭形的身體是咖啡色，所以不是蜂鳥，在這座島上還未聽聞有蜂鳥。他因年紀大了眼力漸衰，喚十二歲的女兒來仔細看。「頭上長兩根鬚鬚！」「那麼是觸角了。」

此後便常見那昆蟲來，有時幾隻結伴，電子般飛繞著，煞似常玉的畫。

不分晝與夜，木瓜花每隔一陣子便如小流星般無聲奔往地界，枯焦成一撮的掌葉也是，只不同是葉柄發出和莖幹道別的音聲，它們是自然的刻漏。

轉了一年，進入夏天。颱風說來未來，倒是狠狠下了幾場撲天蓋地的豪大雨，雨水日夜傾盆，才幾日便下了半年的雨量，把久等不黃的木瓜從高處打落，因為雨太大了，沒有立即生出心去拾它，待雨歇了，在地面上竟找不到蹤跡。

樹幹杈生以後，整個姿形變了，常覺像一棵大木瓜樹腰胯下栽了五株小木瓜樹，葉和花的舒展更盛了，但早期那股弱質的嬌態被碩壯實樸取代。最引他注目且觸動他的妄想的是，如白骨散亂在樹腳下的葉柄，還有，時或透出某種傷哀勾懸在低枝的枯葉。枯葉有時和花叢聚在一起，有時竟把花遮裹，一股焦褐好似一搓便要粉碎。他提醒自己：「生命是變動的。」

樹還往上鑽，每日游竄出更多香蛇引來那些蟲子，蟲身帶著飛行絕技，有時正讚嘆牠妙定於虛空一點，卻見又忽的橫向劃出二、三十厘米。他看著牠們飛，牠們也不怕，蟲、樹、人渾為一體。

「從未見牠們歇落來，是住在院中某處吧！」他曾心萌這樣的想芽，可不曾行動。

一個週末清晨，被工作、課業長日勞苦的妻小猶偃息在臥床上，他正欲打開後門，發現似解事非解事的小兒昨夜並未把門扣好，他心裡犯著嘀咕一推，門上掉下一樣東西擦著他的衣肩落地。

啊！是一只蛾。因為突然受到驚嚇，擬態不動。

蛾身約莫有成人半截大拇指那麼長，前翅焦褐帶著華麗幽深的紋樣，最醒人目的是：背板上浮現一具鬼面，他即時恍然，這就是那公木瓜樹招來的蟲子。牠的停棲透出一種不同於常的淵深沉靜，像是可以從容面對一切外來的危險。

他一面手邊做家事一面想，等妻子、孩子們起床，要告訴他們這項發現。由於長年做的視覺研究，他很記得電影《安達魯西亞之犬》以及《沉默的羔羊》中都曾出現這外形神秘的昆蟲，「冥河」先生來自亞洲。我們這裡正是亞洲吶！亞洲某一座島兩脈大山的正中央。可惜等家裡那三口脫下疲憊，蛾已不見。

他拿了幾本有鬼面天蛾圖片的書給孩子們，孩子們的心不見生起小小的波浪。好些本書都說仔細觀察這種天蛾時看不出有任何迷人的地方，「美」是很奇怪的東西。人們對這蛾蟲所知極有限，除了牠背負人面骷髏外，最引人興味的即是牠的成蟲受到侵擾時會發出怪叫聲。啊！或者——或者某個晚上孩子們詢問於他的尖叫聲便是。我們每日所見使我們妄想。

不可說的是，這一次的邂逅，宛如打鑿一條他和這蟲子之間的秘密棧道。巡視、整理院中草樹之際，他開始以倍增以往的次數遇見牠，迥異於取食時所滿盈的感激和狂喜，牠恆常帶著某種不知堅定追求何物的從容在叢樹草間飛著。「如果牠是人，我想和牠說說話。」這樣的想法如一滴露凝在他的心葉上。

一日，他方除盡百合地裡鳥遺帶來的刺莓以及周匝叢生的鬼針，往後門方向走，突而發現牠罕見的歇在他心愛的藍鐘花叢高處。陽光艷射，藍鐘花的帝紫、明黃皆漫出光來，那蛾如禪坐花牆的高僧盯著他看。

他也回看，但久了竟覺看不過牠，那勁力並不來自鬼面，而來自爛然幽深的袍子。

一支白色的音箭穿入他的耳根，他確實知道他聽見了什麼，卻又不能明知那是什麼。那是由方形的聲帶組織發射出來的。

他默受了，回屋裡去。

因被汗水侵透頭身，他把自己狠狠抓搔搓洗一頓，並為依例留下的一些小傷口敷上藥。久後靜坐，不禁參詳起方才那蛾發出的奇異音聲。畢爾・布蘭德（Bill Brandt）在為他所喜愛的文學家、藝術家拍照前，不都在他們耳邊講了同一句話嗎？他油然想起。然後，空乏的身軀把他載入夢鄉。

晚上，一家那另外三口子從洄瀾小城驅車回來，小兒子一見他便說：

「爸爸，你的眼睛吃了什麼？」

「眼睛當然是吃它看見的東西。」

「它發亮。」

他伸手摘下右眼，照著月看……啊！目珠中有一顆金樹，莖幹上停滿鬼面天蛾吶！

尿死一株草

一

摟了摟褲頭，他整顆心都往下沉，不！是整個人疾速下沉，而心和五臟六腑都失重飛了起來。「糟！連老鳥頭上都長了老人斑！」這一驚非同小可，莫怪最近幾次和老妻敦倫都不能大久，草草發射後，猶見老妻獨自努力奮鬥，只能努力挺住下半身，雙手抓揉妻的老奶為她助興，所幸妻也不曾抱怨，自己私下卻心生愧疚。

「老」從牙齒開始入侵，先是硬的東西咬不動了，然後吃了甚麼都塞牙，終而裝了三顆假牙裝點門面。再來是眼睛。兩年多前，醫師宣布他開始長白內障了，他不以為意，繼續用年輕時代養成的習慣使用它們，幾十年來他素以銳利的目光為傲，雙眼不只在巨大的空間裡具有驚人的科學準確度，而且對他所凝視的對象常能生出一種快速的理解和想像。常有人訝怪、畏懼甚至對他的敏銳生出敵意，因為他的目光如解剖傷人，然而可嘆的習性卻一直蔽障著他，使他不能體悟「所見皆妄」的道理。

人世間一切都是有定份的，若用西方的詞語，就是有一定配額的，少有例外。視覺也一樣，你提早把它用完，它就不客氣的枯竭給你看，這幾年他幾位早年的同道都落入眼睛的地獄裡。兩個月前他的左眼動了手術，人們皆誇說這手術的神效，他卻經常痛到淚流滿面，有時是在老友來探望的桌上，有時在賣ＤＶＤ的商店或書店裡，更慘的是有時老實不客氣就在他行走街道過紅綠燈時。十歲的小兒子問他怎麼啦？答：「外星人入侵。」幸好一個月後動刀的右眼尚稱平順，不過從此成了「半視之人」。

什麼叫「半視之人」？右眼看遠，左眼看近，跟獨眼龍差不遠。水晶體能助他看清事物，可因為是人工而非天工，所以精氣所聚不能持久，常覺眼睛是自己的客人。快速移動、太細密的對象物捕捉不了了，更令人頭疼的是它不太能適應溫度的急遽變化，由冷氣室步入酷熱的暑氣，或由炙烈的夏陽避入驟冷都令他痛苦。往昔他對視覺的敏感如今都成了他的懲罰。

那麼大家為什麼都把這手術說得似神蹟一樣，好像上帝說「要有光」便有了光呢？他不能想透，後來又假裝想透：「大概那些人少有像我這般依賴眼睛過活的吧？」然而他終於慢慢知曉，其實這手術失敗的例子並不少：有手術後雙目一直流血的，有水晶體沒裝正又挖下來重裝的，有整顆水晶體剝離的……這些都被藏在冰山底下。而所謂「變焦」實則亦屬謊言，有一回他為了撿拾一件垃圾，竟被一旁的虎尾葉尖直刺入眼眶裡，這人造物和肉眼的連結大可令人思想。顯然向所習常的生活流向須做大幅改道，每次當他的新眼累倦了、疼了，須得好好攤平在床上歇憩時，他都努力提醒自己。然而激湍轉向何其不易！他就是那不安的激湍。

為他執刀的年輕眼科醫師，對他的情況顯然已無能為力了，他的中醫好友也束手於他的焦慮，只有自求多福到書店裡找了一本有趣但又不似瞎扯的關於中醫藥典的厚書回來看，看看停停，停停看看，如龜爬地。

古醫書上有很多治目方，很奇異的。劉禹錫曾談過一個唐代的神秘方子叫「羊肝丸」。「羊肝丸」由黃連三十克和羊肝一具組成，將羊肝去筋膜，水煮搗爛和丸，每次一丸，每日一、二次口服。顯然這方子自己搞不了。《本草從新》中又有一用兔糞四十九粒研末，加同等份量硇砂四十九粒研末，和以生蜜做丸，於月望（滿月）前五更初用甘草汁（須水浸一夜）服送七丸的「明月砂」方子，因為瀉肝熱所以明目。他的中醫好友也曾說眼睛的毛病常由臟腑所生，然若不知是兔糞恐怕還吃得下，若知是兔糞就不容易了。兔子古代又稱「明視」，取其眼不瞬而明的意思，讀到這點他不禁啞然，他的生肖正是兔子，老明視如今不明視矣！那麼有沒有什麼簡單的方子可以助自己脫離困境？孫思邈用蜜蒙花治眼，韓愈把車前子當禮物送給張籍餌食配藥補五臟、清熱明目，還有《藥性論》說枸杞「補精氣諸不足，易顏色、變白、明目安神，令人長壽。」《本草綱目》言其「滋腎、潤肺、明目」，歷代醫家都說它「卻老」。他看到這裡，心想：「太好了！就是這個。枸杞煮水當茶飲！」即日日用枸杞沏茶，待下午茶無色時將枸杞子吃下，深望令眼睛好轉，鯁在心而未宣說的是也好服侍老妻。

誰知當他和他的中醫師好友說時，朋友卻說：「枸杞補腎，容易上火，還是泡菊花、決明子當茶喝，你的眼睛還發炎呢！」只好乖乖打消偷想，先解決眼睛的問題。

盛夏酷熱，颱風要來不來，雙眼疼痛更像在火地獄裡，老妻邀他一起帶兩個小孩到桃源．布農部落散散心，好淡忘眼疾之苦，他半跟眼中那兩顆不明外星飛行物賭氣似的堅持守在家裡。每天眼睛痛了、累了就躺，一日起起落落二、三十回，唯一的功課是喝菊花決明子茶，還有尿尿。茶飲和平躺都降眼壓，令他在炎夏中獲得暫時的紓解，比較厭人的是要起來一直解手。為了省水（他是個環保主義者），開始時他尿在後門往東的木瓜樹下，久了漸漸移往更遠處的無籽檸檬。那檸檬樹長了十幾顆果子，開刀前後他斷斷續續地獻給家中供的佛和他的老妻，於今果子雖皆摘盡，枝葉猶輕颺一股沁人的香氣，他滿懷感激之情的為它施肥作為答謝，就這樣進入秋天。

二

秋原本是芙蓉花開的季節，這些年天氣趨向酷寒、酷熱兩個極端，「三變芙蓉」之色在佛前供了幾回，就草草結束。詭異的「九月之颱」幾度由東邊接近島的上方，可幸不似去年那風獸把他們的門窗翦破，不過確也把焦慮之網深纏他的腦袋。院草淹漫，因為他無能去砍，白腹秧雞常在前院後院某些角落成群呱叫，女兒坐在門邊讀書時曾瞥見一隻野兔，他比較擔心的是蛇，然而口中不說。每天能做的仍是平躺和旋尿[一]，只要升起渴望貪看一點書或影片，眼球中的外星駐物不多久便提醒他：「渴望是毒。」他一邊感到恐懼，一邊對自己的眼睛抱存往昔從未想像的真誠歉意，純屬愚昧的桀驁虐待了自己的珍寶，猶有什麼可說……

百無聊賴中某日，他意外發現自己倥倥[二]地把尿旋在同一株草上不知有多少回了，六十歲的初老之人忽爾想起自己小時候發生的一樁事：春生，一個絢麗的黃昏，六歲的眼睛在瓦簷前石磨下發現了一棵小小的番茄，他將它

[一] 旋尿：台語「小便」稱「旋尿」，漢古語「旋」即「小便」。

[二] 倥倥：台語，「呆呆」意。

視成寶貝，時不時[三]去看它，想像有一天可以爬到上頭摘果子喫。一位愛弄[四]人的鄰居跟他說：「你愛（須）敆（與它）沃[五]肥呀！伊才會緊（快）大欉。」所以每一欲尿，他便爬到石磨上掏出小雞雞對準他的寶樹灑去，才一日，樹便死了，他哭了好些天。那麼尿死眼下這株草要多久呢？他糊里糊塗生出這樣的蠢念頭。這當然不是觀念藝術，然此蕞陋小島的許多觀念藝術都和尿死一株草差不多。主意既定，他即往前又挪移一步，在枝葉布灑的檸檬樹外緣選了一株粗壯的牛筋草。牛筋草抓地力很強，所以又叫「千人拔」，小時候大人們都視它為惡草，常命閒遊的小人每人須拔若干株，當兵的時候也是。不過它的穗狀花序曾陪當時的小男生、小女生渡過很長一段美麗的童年，小人們把桿頂上的花穗曲折成五環髻形的小綠傘，用一條長葉束住用以收合，約莫七、八年前他的小兒子、小女兒還很熱衷地製作這玩具。能夠尿死這樣一株強韌的牛筋草，應該也算燥煩、無趣且無奈的生活中某一出口吧？於是他慎重地在月曆上做了一個記號。有一天，繼承了他極度敏感氣質的小女兒問他那個記號代表什麼意思？他沒有回答。

[三] 時不時：台語，常常。佛有《時不時經》。

[四] 弄：戲也。台語

[五] 沃：澆，台語。

一尿復一尿，眼睛時好時壞，人要變改習氣好似要叫大河迴流，眼力稍善，他即不能忍地貪用，待一貪用，惡苦便至，就這般輪迴，啊！原來「輪迴」不須待死而復生，生而復死。「書和影片是不能多看、深看了！你從年輕時代起，不就喜歡音樂？」他企圖鎮定自己。「蕭斯塔高維契（Shostakovich）有一齣歌劇叫《鼻子》[六]，不知有沒有和眼睛有關的曲子？」「如果鼻子會從麵包裡跑出來，會變成五等官[七]模樣到處出沒，那麼，眼睛呢？」遍巡自己的音樂知識，他找不到答案，只憶起嗜愛音樂的畫家克利曾畫過一幅名叫〈恐懼〉的小畫，畫幅中以極度單純的、冥思性的線條刻鏤出一只眼睛，右方有三只小小的箭頭符號指涉向它，由於色階轉換的微妙運用，很難說清這些箭頭是外來的還是內生的。這幅畫印在河出書房出版的一本克利（Klee）小畫冊上，廿歲出頭時他常用他的心和雙眼摩娑，此時浮現在他荒蕪的枯海上別有一番意味。

老妻和孩子開學以後，每天便一早起床、漱洗、吃早飯，驅車到車程

六　歌劇《鼻子》乃蕭斯塔高維契根據果戈里《聖彼得堡故事》中一篇改編而成。

七　五等官：第五等級的小官。

四十分鐘的洄瀾小城去，他一個人留守在眼睛裡。以前他有很多事可以做，今則不然，連送遣愁懷的小酒也不能喝了，因為一喝左眼便痛，往日讀古人「書魔昏兩眼，久病沉四肢」句，不覺干己，如今卻像頭巔上的炸雷，連孩子們放學回來看他們的功課都覺吃力。尿尿，躺平，坐起，喝菊花決明子，放CD，這就是他一天能做的了。CD外殼上一些太小的字他當然無能去看，怪的是音樂的滋味不同了，哪裡不同呢？說不上來，只日復一日，尿了又尿，連宋畫裡的棕背伯勞也飛來停在柿枝上笑他。

三

他把太陽尿升，又把太陽尿落，也把月亮、星星尿升，且將它們尿落，幾個月過去了，總不見那株牛筋草死。人生很奇怪，你祝願它們生，它們常不能生，你祝願它們死，它們常不得死。興味索然後，便忘了這回事。

有一天他作了一個夢。

他夢見自己跨在一位腹似甜瓜，乳似香梨，雙腿如芭蕉的女子身上，那女子白波波地，一浪又一浪騰涌。起先他如縱浪大化，慢慢地潮水漲了，風浪掀起，海面瞬間成深黑色，竄出舉萬奔馬，他驚駭已甚，竟把兩顆目睛跌落在那女子腹上，沒入黑裡……奇的是，隨著目睛緩緩消逝，他好像獲得了巨大的力量。他識得那女子，她是個精靈，小時候他看著她在一位老畫師筆下慢慢生成，凝在畫壁上。兩年前的夏天，他還帶他的小兒子去看她……

膀胱中的撐力把他由奇夢中撓醒，睡眼盪動地走到每日尿尿的地方……呵！竟有此事！那棵家裡養了二十年的無籽檸檬樹竟在一波又一波南下的寒流中，渾身綻滿美麗的白玉似的花蕾，有的不知被深寒中的什麼力量催動，伸放出弱嬰之指般的花瓣，還有的叢聚在一起，瓣蕾相沓幻成玉髑髏。有半透明的碧玉人面蛛來抱著花蕾，蜂也來了……奇怪！孩子們猶未放寒假，離農曆年也還整整一月，怎得如此？

那檸檬樹忽做人語：「傻人吶！你那鳥頭上哪是甚麼老人斑？是你自小便有的胎記。眼睛是由眼睛以外的東西所構成的，你和我也是。」

他一低首，發現那株草竟自爾不見。

山中

由「馬立雲」翻過「舞鶴台地」，才下坡右方不顯處，有一山靈以煙霧刻就的石碑曰「立山」，即由那路口入，蛇腸小徑直上，一手是太魯固族另一手是布農聚落，取左方過村落再往上，近流籠遺墩附近，眼看沒路了，但不要慌，還往前攢啊攢啊，目前忽一豁然開朗的溪谷浮現，有十來戶人家居此，菜圃梨樹，水流濺濺，彷如世外。再往日頭晻沒的方向，已無柏油路痕跡，亂山重沓，川谷縈迴，是山靈的界域。

路還是有的，不過是土路，僅容一車通行，但也只到山的一腳腳，行若偶兩車相會，須得一車退避至軫轉寬容處，否則要墜落坡崖。再往前便得以步為輪，穿過鳥聲响响，獼猴的視線，山蝶所煽動的氣流，度一鐵索橋名「天風」。約莫四、五十分鐘，可以抵達一大片草坡，草坡最高處稍平坦，可以望見形塑這座島的幾條重要山脈所結成的綿亙壯麗。

說來譎詼，有一春晨，這山嶂重複無人煙中的草坡一角，突來一條銳利平直的白線，那白線愈昇愈高越行越近，才發現是一個短人艱難地負著一方全白的大畫布，畫布高比一個中等身量的人稍高，可長卻抵得四、五人那麼長，因為軀身單弱，所以若一隻蚼蟻抾著[一]一大片囝仔[二]落在地上的麵包屑慢慢往上移，他像駝子盡量把身體往前傾，怕忽地來一陣風把他背上的畫布吹翻跌去，他的行動很艱困，但意志很堅決。

待到得草坡頂頭，你才看清他的面貌。嘩——那人面真是醜得美！像一朵蔫而不墜的菊花，又似在入窯過程中不小心被撞歪的粗土素燒陶器，額上浮著一些花草般的黃斑，一頭枯亂的蓬髮，牙齒像老虎樣，正是本島人所說的「醜到有伸」。上身耷拉著一件上個世紀五〇年代此島常見的混紡長袖襯衫，藍紫間橙紅縹黃格子條紋，下身著以鬆緊帶束腰、腿的黑紮腳褲，腳踩一雙髒到怵人的繫帶白底黑面「中國強」布鞋，舉身軀黑黲黲的，肩揹著一

一 抾著：台語，拾到。
二 囝仔：台語，小小孩。

老舊帆布大袋，像煞全副家當皆負在身上的乞人。

你莫看他醜，他的舉止卻帶一種容與，因為他的心很明白他要做什麼。他把他那事先用紅銅蝴蝶葉片固定了三支撐桷的大畫布，對著觀察選量已久的山景架好，而後從袋中取出油壺、畫油、調色盤，一條又一條的顏料及一大把畫筆，還有一堆擦畫筆的破布，放在一邊。安營紮寨定矣，他由袋中取出兩只細綿綿紅絲滿布的蘋果，對清景坐下，啃將起來。嘉果的氣與味經由兩道通路沁入疲憊的軀體，令人心神為之一振，他細細地啃、細細地嚼，把綠心、褐籽也皆吞入肚裡，只留那兩根梗，著意地排在草上。

齒間口頰猶殘留著餘芳，即開始工作起來。先把畫油倒入油壺，而後把褐、黃、紫、黑四色擠在調色盤上，中了魔換了人似，在畫布最高處迅捷地勾勒起山的稜線輪廓。髣如有山怪在一旁擊鼓，他愈畫愈癲狂，顏料一層又一層累疊，完全看不見眼前的春山雉飛。據說蒙德里安（Mondrian）早期面對自然寫生也是一樣，自然的不斷變動令他不及捕捉而產生巨大的痛苦與迷惘，所以每一幅素描都如將畫者深囚其中的綿複蛛網。在他呢？則每畫必成以西洋媒材畫成的中國舊代山水，怎麼辨呢？有時自己也覺不能滿足，便在巨嶺旁添兩朵花，也是舊式的。學生時代學的雖然是油畫，多少年來聽的也是西洋古典音樂，可是傳統水墨卻如老木魅般盤根在他腦子。在大畫布上爬，和在一大疊稿紙中一格一格爬，同樣令人想起波希（Bosch）畫中以樂器為刑具的音樂地獄，惟胸藏智慧的人能行持以穿衰榮生死。

瀾漫的愛執尤其使人疲累，幾個小時後他便力竭倒下，遠方獼猴好奇群來望他。他的精神還像沸鼎久久不能平息，於是只好坐了起來，走近委置一旁的帆布大袋，從裡頭翻出一堆乾淨的廢布、舊巾子，把沾染在手上的油彩用力搓去，再用上好的亞麻仁油和粗手紙將雙手每一個部位都細細拭淨，然後從大袋底勾出一只爪鼠色[三]的細麻袋子，小心翼翼由中掏出一卷微微發光的白物。他執著這白物行到畫布旁約十尺的草地上，雙手一抖，竟洩出一襲莎羅草織就的春紗錦袍，上頭繡滿蔓草縈骨[四]的圖案。把袍舖平在草上，他開始剝除先前那一身暗晦，令人心折魂斷的是，他的頸部以下

[三] 爪鼠色：台語，老鼠色，「灰色」的意思。

[四] 縈骨：纏繞枯骨。縈，台語。

竟是一軀女身，且如一株麗春花迎風輕顫，再沒有更合適的女體配得上這件袍子。織物的柔軟熨撫她冰雪的肌膚，使她腦中的沸騰、胸臆的激躍慢慢平息下來，她仰天躺下呈一十字，日頭靜靜流向西山，反照令疲憊的她稍稍覺得刺眼，她把袍裾掀起蓋在臉上，就這樣在山間野地綻放成一朵奇異的姿形睡去。

夕光熹微後，夜悄悄掩至，由於四面皆山，夜色很快如研墨般愈來愈濃，在荀白克（Schöenberg）水藻漂浮般的樂音中，女體如含碧蕊的白馥馥陰門，隨著熟睡的呼息，透出一陣陣香氣。似受香氣招引，草坡裡鑽出無數白白胖胖的靖人孩童，這些麵人般的小兒一發現女體，即時爬上那白波波如有風吹拂般的顫動尖挺乳房去含欶，飲了奶後他們皆似獲得無量的精力，在草坡上翻躍奔跑。過一暫子，玩膩了，有人想出新的戲遣。他召集群人，以手為舌，比劃一番。眾皆意同後，開啟行動。

他們十六個人一組通力，仔細把女人的軀幹和四肢由熟睡深息中的頭部拆離，然後如獻戲般，將細骨、豐肌、曼澤、綿滑的五體做出情的操演和放意的組合，時而似鶴，有時若貓，或化為杯，又轉成「噓」（住在大地最西端的神人，沒有胳膊，兩腳翻轉著架在肩項上），金溝啟唇幻成噴泉，玉髁湧樹而生白果，奇趣中艷光閃爍，連一天繁星都瞪大亮眼，忘了其所從來的宇宙大運。

然而這時卻有個不識相的傢伙闖了入來，從教妙化一刀斬斷。他一頭亂髮、滿面新薙的髭鬚，上身著捲袖藍色窄領襯衫，下身是極普通的黑西裝褲，灰襪黑鞋也極廉價，臉上一副今已快絕蹤的黑膠粗框近視眼鏡，頗帶幾許文氣，一看便知是個木訥不得志的讀書人，細看卻眇了一目。說也怪，冰盤般的明月就在這人出現草坡時由東山後躍了出來，是人敏覺到月的麗華，隨把掌中的手電[五]滅去。他慢慢走上草坡，對架立在坡上的大畫布，散亂一地的畫材，以及春袍覆面仰天長睡的美麗女體，並不生訝異，只默默開始收拾，該洗的洗，該收的收，未乾的畫布則從大袋裡尋出六只大銀夾子輕車熟路地對夾起來，一切收拾停當，方把心神貫注到女人身上。亂山外春海

[五] 手電：台人稱手電筒曰「手電」。

的潮水被日月的引力緩緩牽動了，萬籟發出竽笙般的細響，月光似霰遍灑群山，女體如繁花盛滿的小樹，男人看著看著忍不住把頰溫柔地貼在那兩顆托著含桃[六]的尖挺白嫩乳房上，世塵那些不能駐顏的污濁都化去了。他又把鼻尖移向那水渦般的臍孔，一種奇妙的芳馨由其中蕩瀁出來，女體細細生出斷續波漣，包裹四顧層巔的夜露也渙出清氣。男人窣地坐了起來，面天發出游絲般的吟嘯，輾轉迴繞，久久不止，然後掏出赤雀投入暖滑湛如的幽谷。一天不知何時來的高雲在月華中激烈舒卷，山神令草坡長出一片鷺林，揜住這場世諦中至大至神秘的至樂。

曉霧將出，天光魚肚，「天風橋」上的細風中有一方白色物體輕輕移動著，後頭行一半面醜奇半面麗妝的絢袍女子，手裡拏著一株草，鼻哼一首奇妙的歌調，綽約往山下去。山谷淡然打開，家中養的泠泠修竹和一只蟲子正等著他們。

那白物在消失之前，忽用閩南方言唱了一句：

[六] 含桃：中國古代稱櫻桃為「含桃」。

「欲得淮王術，風吹暈已生。」

詩良久不散，群樹為之颯響。

兔子兌殼

一

藍皮白文老火車緩緩滑入已遭廢棄，荒草、雜樹間生的小站。兩位手戴護腕穿著打扮像ＡＢＣ[一]的青年，好奇地由車窗探出首向外張望，不知交換些甚麼話語。一位中年男子，或者是他們的父親吧！手執ＤＶ跳下車來，熟練地前前後後拍攝他們坐在車中，並記錄整座月台保存的現況。整個班次真正上、下車的乘客，只有一位頭戴二毛[二]，背負一只黑色奇形沉重大網袋，像橐駝[三]般走路的老頭。

他剛由這座魚島的首都回來，心律有些不整，膝頭痛，雙腳的趾關節也都長了蜂巢，面色慘白頭汗涔涔，他不能斷地用原本綁在額上的白毛巾

一　ＡＢＣ：American born Chinese. 美籍華裔，美國籍的華人後代。

二　二毛：頭髮黑白，兩色相雜。

三　橐駝：駱駝。

擦拭，一步一步拖著圓木般的雙腿往前移，自語道：「差點死在魚北呢！魚北人種了這棵一百零一節的水泥竹子後永不寂寞了。寂寞時便到通天塔去逛逛，天下寶物都藏在裡頭了，餘生即努力趁錢[四]孝敬於它。厲害！厲害！」

至陽赫赫，不知或不及躲去庇蔭下的物和人都強欲煬去[五]，刺目的光針中可以見他所行去的山谷，比電線桿又高不只多少倍的地方，有一黃色的瀑流從天而降，如一駭怵的巨人肚破腸流癱死在那，這是當地原住民口中的「嘎唧唧溪」，每逢颱風便如野火般猛烈向下燃燒，把人和人平日引為傲樂的造物摧折、吞滅。

實何止此，這西向一百八十度左右的大大小小山頭都裂出了白色閃電，不過太遙遠了，所以一世半身都種在土裡的眾人，沒有閒工夫去注意它。今天是盂蘭盆節，一路上，稍稍過得去的人家，無不備辦著中元祭拜，村落由於僻居在魚島一隅，還保留很奇特的不知何代延下的習俗，祭供除錢錙脯醴時物之外，還蒸麵羊、麵人，好似章回小說中的時代，最令人吃驚的

四 趁錢：台語。逐錢，追錢，賺錢。

五 煬：台語，「溶化」。

是「西瓜山」，將西瓜割成無數齒，紅瓤黑籽，布於案上，和萬里外墨西哥女畫家芙烈妲（Frida）所畫鬼節供物一式一樣。有老輩的人說「西瓜山」意在「報本」，也就是芙烈妲一幅畫的名字〈Viva la vida〉（生命永長），「西瓜山」的遺存笑對著四圜的百山開裂。

路上有善意的鄰人，知道他是孤單的老業人[六]，邀他夜昏到家裡做陣吃飯，他自知身體不行，勉強擠出牙膏式的笑面，推說晚上有人來看他。這回在魚北差點喝死，剛從醫院吊點滴出來。

回到他那曾經土石侵襲，到處漏水，水塔開裂，抽水馬桶癱瘓的工寮，才把門打開，撲面撞來一團濕霉將他緊緊抱住，他緊趕一側身把肩上的大網袋甩在地上，不趕快喝一口不行了！找了一只比較乾淨的玻璃杯，用衛生紙擦擦，倒了五分之一杯五十八度的高粱，又加了三倍涼水，往嘴裡灌了一大口才鎮定下來，然後一拐一拐移向潮霉的臥床去。躺在床上，瞪著天花板上浮湧的雲、鬼、狗、馬、小人，終於死目[七]去矣！

勿驚！人若沒死，死目還會閣[八]活過來！十幾個小時後老頭終究醒過來

六　老業人：台語，年老罪業之人。「老業人」屢見於元曲。

七　死目：台語粗話，「睡」的意思。

八　閣：更，又，再。台語。

了，有人喚門，是收報費的！他隨手抓了床頭綠色的舌帽出去：「歹勢[九]啦！適[十]由魚北轉來[十一]，過兩日兒與你。」

腳趾關節深處的痛楚提醒他前幾日的至樂，他一蹩一蹩回到屋裡，把他像橐駝般從首都抬回來的大網袋解開，將裡頭的寶貝全倒在地面。嘩——那「明目書店」就是這樣把聖人的糟粕和俗人的嘔吐物傾在地板上，大博士、大教授和自以為有學問的人，便曲身去搶，誰得到了誰的學問就增益了，眼睛就更亮了。他很滿意自己這回有這麼大的收穫，光是這麼倒在地上看就如上兜率天呢！

為了慶謝，他又開始為自己斟酒，舉酒為祝，這時我們才得幸看清他的相貌：這個人長得像一只兔子，鼻若老鼈，兩額理文，眉頭交錯，眼黃睛凸，面拂拂如螣蛇之色，唇四賒，下承漿處有一黑痣，髮際很低，黑白兩色的長髮在腦後紮成一條馬尾。他的背後是一屋子鄉下人以為古物的贗品古董，和十來座已然銹蝕斑駁的廉價角鋼書架，上面堆滿百舌鳥般的出版物，一應俱全，好似他平日吐出的話語。像一隻動物長了許多眼睛、耳朵，

九　歹勢：台語，「不好意思」。
十　適：剛，方才。
十一　轉來：回來。台語。中古漢語常見。

叫人見了便聞一種浮躁不安的氣味。

回到家後，其實心中並無喜氣，想到颱風，他忍不住作嘔起來。

如果……如果我和這些書，同陳有蘭溪那一千八百隻豬一樣，載浮載沉，直奔太平洋……我可是旱鴨子一隻啊！

明天……明天得到孔醫師的診所去報到。火燒兔頭。

二

嘎啷啷溪往下，會馬里勿溪，又北，至鴨母寮附近，縱谷正中央立了一棟灰撲撲的兩層方形洗石屋子，早來的夏盛之氣催熟了木瓜，催發了大白花木蓮，又鼓動緬梔、藍鐘、金雨、茉莉、文殊、月橘放出華彩。這家主人鶴嗉細頸，唇長似鳥嘴而緊繃，每日到大陶缸前觀察芙蕖花苞的動靜。他平日極少說話，一來因年輕時多年氣喘語聲嘶散，二來口尖愛競爭、好說人、喜謗揚是非，是那種鼻孔出毛的人。少年時神如鷲，現在老了稍知收斂，常在山間水澤騎腳踏車、散步，以此為至樂，去都市對他是苦刑。

他也是書癡，可是眼睛動手術後，不能再同往昔般運用他的雙眼。連酒也不大能喝了，因為多喝了眼痛。一輩子靠眼工作、吃飯的人，折了目光就如沉淪陽光所不及的淵海，他有陣子像被吸血鬼章魚盤住腦袋，拖曳著在黑海中尸行，常常一個人說出好幾個人的話來。可幸的是有一次他到醫院檢查的路上，偶然在書店遇到一位禪師的書，那禪師的書裡有一句話深深打動了他，所以他把那書帶回家，每天早上用他那不中用的眼睛看十分鐘、廿分鐘，如是久之，他發覺他年輕時代所不敏銳的嗅覺、觸覺竟奇妙滋長起來，甚至，連自己也不能相信，他開始覺得自己蒐藏多年的剪報、書籍皆屬莫須有，藉一回家裡動工程，他刻意把積累四十年的剪報如贅瘤割去，再來就是那些背負幾十年的書了！他的生命經驗告訴他，有的書會長出它所描述的人、物、事件，然後爬滿你的屋子、你的夢、你的生活，不顧你喜不喜歡。

撿了一個日月相望[十二]的吉日，他請一位年輕朋友在網路上把消息發出去，是日夜昏，果然由魚島各地趕來十幾位喜歡書的男女少年人客[十三]。屋裡沒有半件傢具，四壁都是落地的杉木書架，主客都坐在地上，年輕的客人亮眸裡都投出純潔、好奇的光芒，主人開始發話了：

十二　日月相望：古語。即「滿月」。

十三　人客：即「客人」。台語。中古漢語常見。

三

傻瓜！書是買來擺著好看的，見人有，學人有，再加添一點個人的偏嗜，哪有一本本真去看？若逐本真去看，太陽、月亮也要瞎掉！我這些書架是花了不少錢，你別看它寒寒儉儉，因為都是實木，當初光料就花了一百萬，那些工人自己說，一開始都背裡笑：「哪有人有這麼多書？」等書全上架才咋了舌信其真，書架上還有放兩層的呢！有的角落擱不下漫到地板，自作孽，不可活！「這些書價值不菲？」老實告訴你，都是一斤十塊買來的。

自己造監獄關自己！今天我全不要了。不過話可說在前頭，你們誰想拿哪本書、哪些書，得證明你真的識貨，否則不能挈走，畢竟我做了它們幾十年奴隸。來！來！有趣味，慢慢看⋯⋯

大部分人都不知買書是「舉枷」，你跟他說他也不信，據說張愛玲家裡沒書，看的都是圖書館借來，我學生時代一位好友丁微分的孫女，也教我不要買書，她說真正的讀書人都到圖書館讀書，人豈能把世上的書都買回家來？如今覺得很對。書，且凡一切事物，都當思其「無用之時」。

書的好處當然我也嘗得一點，譬如早年森丑之助的《台灣蕃族圖譜》使我長出眼睛，其實我不能識得一字的全套法文《巴斯卡》（Pascal）仿如為我灌頂，有好些年時間，克利（Klee）畫冊中的一幅幅畫，像耶穌一樣在睡前的燈下守護我，任興翻覽的《大藏經》和各種百科全書仿若注入到我的血脈裡，不同版本的《山海經》在年輕焦渴的心底幻生重重煙戲，可是啊！搬家時那種苦慘不是身受的人不能想像！

二十幾年前我從北部連根拔起搬到東部時，詢遍搬家公司沒有一家願意承攬，光是電話中聽說有脆弱易損的畫和大批書籍，兼以長程跋涉，連估價都不肯做，幸得我那曾在軍中擔任連長的連襟任俠，帶著兩位昔年弟兄，借來三輛三噸半的大卡車，以攻堅作戰的籌運，才把腦中的刺苦拔去。我猶深記途中，由淡水到新店穿過九彎十八拐到宜蘭，一路松樹都像著了火樣轉成紅色。於理說，經歷這次慘痛，應該不敢再蒐書了，可是人的癖性常像腫瘤一樣，即割了還長。我只要一到藏書很多的地方，不管是圖書館、書店，便激動到想上大號。嗜書跟饕人好餚、酒徒癖酒、嫖客喜歡新鮮的肉體、賭鬼迷於拚博的刺激、鴉片仙愛那恍惚飄渺沒甚麼兩樣，有時難向外人說清，那是另一個三十三天，雖然有時也知是惷愚的。我有一位死於酒的可愛酒徒朋友，生前曾在睡床上的白壁用毛筆大書：「為了媽媽，一定要戒酒。」可笑我遷到東部後，書又約莫長了四倍。何以然？其間發生一樁奇事！

這事對嗜書的人直是下黃金雨，不過正如禪家所言，黃金就是毒蛇，就是石頭。彼時我那老妻剛生我的老大正在坐月子，附近有座學校要把令他們頭疼多年的破書丟掉，我聽得趕緊去看，這一看，了不得了！回家報告太座：「蟲蛀霉爛中尚有孑遺珍寶。我每天一早為你弄好吃食，就去撿。」這一撿足足撿了一個多禮拜，埋首於濕霉破舊，跟貧民窟裡翻垃圾山為食的人同款[十四]。為揭示無私，我邀請每一位好奇的、路過的老師一同來撿，大抵都云：「好書見人見智。」即是我這「不智」使我的壁堵上添了許多上海三〇、四〇年代的書，以及日本大正、昭和時期珍貴的出版物，還有許多我少壯時期想買買不起，甚至聽說過沒見過的老書。這學校早在日據時代是島東第一學府，如今被俗流淹沒。不過為了整理搶救這些書，我也不知扑撣、日曬、擦拭過多少回，不是深愛書的人確實要引為鉅痛。霉蛀像疫病，是會傳染的。我的孩子以後會喜歡這些書嗎？會一斤十塊的把它們賣掉嗎？我很懷疑！我常想還不如學蔡邕，蔡邕見王粲的文章，便想把藏書都送予他，不過我未必有遇見王粲的福分，你們只要誰能說出你喜歡的書的重要性，即時奉送！

現在人不讀書了，尤其不讀古書、老書，大家喜歡聽人講，尤其聽名嘴講，不必用心、無庸費力便獲得學問，天光下沒有比此更風雅的事。讀書

[十四] 同款：台語，「一樣」。

講給人聽變成大生意，哺飯飼人也就罷了，偏又削損、汙穢原作者最神彩的筆觸，真是「罪言」吶！學科學、搞藝術的人也好不到哪裡去，乘時射利與政客勾結，都在搞生產！「你一年產值多少啊？」我零蛋。

你不要以為我喝醉酒、老悖了，我的酒量可以喝三瓶高粱，如果酒好五瓶、十瓶也沒問題！你看我這鼻子，認得嗎？小妹妹，你不要為我操心，我雖然沒有回頭，我的耳朵可以看見你的憂慮，我沒事！不是我說酒話，包浩斯(Bauhaus)這十四本藝術理論經典，麻省理工學院這套論科學、科技與藝術的文集都應當有人翻譯，私人出版只圖商利，國家出版又不做，徒任商業與政治意識型態張牙，那麼多跟視覺有關的系所，竟不知經典的重要，自己造學位，死亡生死亡！可哀啊！好的書好比食蟲植物，把你吸進去、化掉，然後長出一個新的你，譬如米羅(Miró)、克利(Klee)讀諾伐利斯(Novalis)。

你手上拿的那本大畫冊你知道是誰的嗎？烏爾斯(Wols)，對！歐洲抽象表現主義的披荊人物，專門描寫「洞」，他認為「洞」會生長、變動、是有生命的。他也拍照，與眾不同。我們的生活、生命中到處都是洞，而且是活的。這本書是我在巴黎找到的，有好多年我一直想找一本他的好畫冊，自己找也託人在國外找，不曾如願。去巴黎那個冬天很奇妙的遇上這本書。巴黎的朋友告訴我，有德文書的書店就那麼幾家，有天晚上我們逛完博物館穿過一座公園，抵達一家書店，書店約莫有五、六十坪，由落地玻璃外寒冷的空氣望入去一個客人都沒有。四壁，不！三壁都是藝術書籍，店中有一種我一輩子都忘不了的清冷，然而我一踏入書店，即有一股難言的力量引我直接走向其中一座書架，書架最高一排就放著這本書，書背上WOLS四個白色字母特別大，像多年來專在那兒等候我。這書全是德文，我一字不識，圖像卻精采得不得了，我買了之後，一個朋友看見，全巴黎找不到第二本。

物跟人是有緣分的，蒐藏的人都明曉，這樣的事我在布魯塞爾又發生過一次。你看！像這本大《貝黑》（Berghe），廿幾年前是布魯塞爾皇家美術館的最後一本。據館內的人說許多年都沒人問津了，就那麼鎖在館內的玻璃櫃裡，連價錢都花了好多時間才在舊帳本中查出來。人都是盲目的，用耳朵吃飯，不時行了，便看不見聽不見，好比三十幾年前我在紐約讀書時蒐來的墨西哥壁畫大師大畫冊，許多同行學藝的竟不知那是早期席捲紐約的人物，人情有若此，中外皆然，所謂「情一濃而隨波逐浪，豈復有駐足之時哉？」不能駐足，恰是重點所在，大家都怕被時代拋棄。

不過，反過來說，人都是他的嘴巴、他的肚子的奴隸，不吃會肚子餓嘛！都是名與利的奴隸，因為想吃得更好、穿得更好、住得更舒適、更有地位嘛！讀書人未必真喜歡讀書，不過取徑跟工、農、商不同。讀書人常被書毒死自己不知道，許多書沒讀透反成自己的監獄，甚至造迷陣自誤誤人。譬如這些年台語研究成為顯學，實則泰半是棗禍梨災，台語文白夾雜，竹篙鬪菜刀，用很多古字、古音、古義，若不從傳統的學問、經典中去求，而問道於半盲的俗民作者，就好像民間故事裡想追食小童卻自己用頭身將己家打成一個死結的花蛇，好看則好看，細想來傷心。其實又何止台語、客語研究，即新編的國語、普通話字典、辭典也一樣，表面上添多了許多新時代的辭彙，傳統的、基本的東西全因自媚、媚俗胡亂斬削，弄得不人不鬼，可怕的是這些工具書多少人在用！爛的與更爛的相比，社會上唯臢商業與意識型態，這都拜浮薄的、享樂的民主之賜。然則大運來了，誰也擋不住。我聽國外的同學、前輩說，其實浮華的風氣舉世如此，不過我們自斷傳統的根株，更為可慮。來！來！來！不談這個，喝酒！喝酒！老人厚屎話。

你書拿去，真正要讀哦！不然還我。我認得一位博士，書不比我少，當年聽說我幾撿了一批書，也想來分一杯羹，我沒理他。此人在大學裡做官，一邊養檳榔山，何則？在大學裡做官，可以和政客交結，養檳榔山可以得實利。綠金全盛時，割三天足買一台賓士，檳榔子成熟有人幪面結夥開卡車持槍偷割，守園的人亦執槍以待，妙哉！沒聽過吧？更妙的是此人研究《莊子》，著作號稱《大典》，這樣的人家如何能不擺滿豐富的藏書？這般的世代，聖賢也救不了，用這些人最便當，讓島中滿盈活氣。以前的書有一種香氣，比如這位先生身邊那本《詩緝》，對！黑色布面精裝燙金字那本，你拿下來捧在手中聞聞看，沁人心脾，是嗎？令人為之神往！內容也是，舊代的文章可以「味」，因為經過時代淘煉，讀古書是在心裡搭一虹橋，與另一時空的古人「神會」。現代出版物漫如山海，百中九九都只餘「阿堵」味了。「阿堵」就是《世說新語》中那不可說的東西，我們小時候，人做了窘事被人逮到，便說「阿堵……阿堵……」現在有「阿堵……」就可以印成著作，不過誰能使水停流？

有人說：「老的也[十五]，你莫浪費精神來罵那些人嘛！您多養生，多做自己的學問，多寫自己的文章。」說這種話的人其實不懂什麼叫「讀書」，也必不懂得什麼叫「喝酒」。罵人跟吃花生米一樣，不過用來下酒，至於讀書更不是為了做學問、寫文章，你們沒聽過：「貪夫徇財，烈士徇名。」？我才不幹呢！

讀書自有讀書本身的樂趣。譬若說有些東西你讀了幾十年不能真懂，某夜深處，你連坐四五個小時，怎麼看怎麼通解，像是整個人通體明澈，自放出光來，如一碧樹，當然這是罕有的體悟。但即是年歲增長、諸事練達、心靈沉靜後常生的，對書中某一字、詞或某一文章的全新體悟，也叫人毫間毛孔渙出光來。學問不可做，文章不必寫，無弦之琴自有真意，不過這是裝不來也學不來的。許多讀書寫字、做藝術工作的人，常對自己沒

十五　老的也：台語，有時用於老夫婦互相稱呼，有時指「老先生」。元曲中常見。

有「產品」感到害怕，一來恨自己「不用功」，二來怕為世所忘，所以失去「味味之道」的至樂。實則「至樂」妙不可捫，又常埋伏倚徙在我們身邊，我們太忙了、太緊張了，所以不見它。若這錢鍾書的《管錐篇》吧！自以為風雅、愛書的人，家裡沒有不擺一部，但真能從頭到尾讀一過[十六]的人少之又少，我曾披讀一過，你看書上的圈點批註便知不假，真能懂嗎？當然不能！我想這裡頭深藏的礦脈，連錢本人都未必真能全懂，不過其中有一種讀書的真趣，不是如今生蛋雞式的學術論文所能比擬。我有位老朋友曾笑稱中研院好像養雞場，如今大學評鑑把老師打入同等慘況，書變成讀書人的重囚櫐梏，西方先進國家不斷倚智巧揑生出新的理論以解釋他們倏忽劇變的社會，我們拾人唾餘以為可以追跡，又為了追求世榮棄失傳統中足與外人比並[十七]的東西。我有一些在大學教書的朋友，為無暇讀自己想讀的書深感痛苦，這還是想讀書的人呢！不想讀書的正好做官，大學成為官場，封建官場。唉——對不起！又罵人了。好，那我怎麼把《管錐篇》嚴嚴整整讀了一回呢？其實說了也好笑，原本我亦和大多數買《管錐篇》的人一樣，心

十六　一過：一次，一回。台語，中古漢語常見。

十七　比並：台語，即「並比」，中古漢語。中國最了不起的現代作曲家周文中，在訪談中猶用「比並」二字。

想：「我大概一輩子也不可能真去讀它，不過權且當做讀書人的虛榮，買了𫝺在[十八]書架上，讓人讓已知道我也曉得這書。」誰知有一年，我媽病了，得了絕症，就那麼醫院進進出出的折騰，我的兄姐們都無法照顧她，就我一人三天兩夜、三天三夜地陪著，找人看護，理想的人難尋，所以自己一肩挑。照料人好似被一條無形的線繫住，身不得自由，那麼她不需要你時怎麼辦？讀書，讀你覺得最不可能讀的書！這是我當時生出來的方法。足足八年，我讀了好些書，其中一部便是《管錐篇》，當時曾有好多位醫生日夜來巡房時，瞥見我看的書，說：「你看這種書啊？」我一生中不知能不能看第二次？好書安頓人，如果你真喜歡書的話。

壞書則誤人，所以我們年輕時代聽老先生的課，都強調要讀好的書好的版本。現代人亂讀一通，到處驅馳，亂講，亂寫，著作如山，好可怕！還生怕自己不用功呢！少讀時行[十九]的書，時行的書未經時光淘鍊，泰多浮沫渣滓。來！來！飲！飲！飲！

[十八] 𫝺在：台語，「擱在」。

[十九] 時行：台語。流行、時髦。

少年人，亦你匿在彼做啥？不飲是𣍐當進入別人的世界。你未曉講閩南語乎？來，咱講國語！真正的文化無地域無黨派，咱不是政客、不是狹心病人。實則閩南語很多漢唐魏晉時人用語，現在人不知道了，還說什麼南人不會使用北人的語言，笑破人嘴，不[二十]別歷史上幾次大遷徙早把早年北人的語言帶到南方。有機會多少學點閩南語，可以和古書相印証。不敢講，多喝酒就會講了。

還有一點，我要告訴你們。讀古書一定要喝酒，不飲酒古書讀不懂的。古代哪個文人不喝酒？哪一個大畫家、大書法家不喝酒？不飲酒無法進入那神妙的世界，沒入過那種妙境的人，你跟他說甚麼文學、藝術的深微他都聽不懂的。膚淺的人只追求新奇有趣，四方頭的、一腦子意識型態的人只認得口號和符咒，晝夜追求聲名、權勢、利益的人聽了裝懂，他們即使喝酒，都不是能真得酒趣的人，不能得酒趣的人，你與他談書論藝都是白搭。我曾見一位博士，在電視上說：「某某畫家生前一輩子都沒有為自己畫過，他想的都是要為台灣畫什麼。」漪歟妙哉！世間這樣的事都只能當風景看，當不得

二十 別：識。台語。

真，四壁擺書和四壁擺空奶粉罐、堆舊報紙沒二款[二]，你看過波希（Bosch）畫的受各種樂器之刑的樂人麼？庶幾近之。乾一杯！為衆博士乾一杯！博士卻輸土博！

什麼？沒酒量？喝酒跟酒量沒關係！喝酒是為了酒趣，好比讀書是為了讀書的真趣。你看我為什麼隨身帶開瓶器？沒有開瓶器，酒在前面也喝不了。古人有古人的開瓶器，你們聽說過嗎？那就是濾酒巾！沒有濾酒巾怎麼辦？用頭巾！陶淵明、白居易找不到濾酒巾時即把頭巾摘下來濾酒，濾完再戴回去繼續喝。我那老哥哥張才講的最好，他說藝術跟吃河豚一樣，是那種將中毒未中毒的感覺，讀書飲酒也共[三]，有人三杯就醉，有人三十杯醉，有人三百杯才醉，若得酒趣，境界實同。不過一定要喝好酒，真正的好酒連平常不喝酒的人也能感覺到它的好，幾十年前茅台、竹葉青還未以現代方式大量生產，瓶蓋一打開那香氣簡直像電影《月宮寶盒》中的巨人鑽出來。珍釀只一兩杯就讓人醺醺然，我記得當年有位女同學，據說天生體質對酒過敏，連喝一杯啤酒隔日都要全身發癢，所以有個綽號叫「隔日癢」，「隔日癢」有一

[二] 沒二款：台語，「沒兩樣」。

[三] 共：同，一樣。台語。中古漢語常見。

次聞到我們難得弄到的茅台，她說：「不管了！無論如何也要喝一口！如果送醫院，是明天的事。」是蘇東坡「拚死吃河豚」的意思！

小姐！阿你抱那什麼東西？《中國科技史》哦——敖[二三]！敖！敖！——什麼？你對湯若望、南懷仁感興趣？不簡單！不簡單！整套都送你！連旁邊那套昭和初年出版的《大百科事典》也做陣奉送，還有一旁那《大正震災誌》。

你們不要想，這人拆壁堵送人，是不是頭殼破一個大空[二四]？會感冒𣍐[二五]？𣍐！實則前幾日我做了一個夢，夢裡回到年輕時代常去的海會寺，海會寺殿後的仙丹花和龍船花還殷盛若昔，我昔年曾遇的那只赤信黑蛇又出現了，他幻成一位穿著以各式鮮花縫成的衣裳的古人，對我說了一句話……。「什麼話？」忘了！下面沒有了……

我悿[二六]矣！欲去倒一下，各人毋通𣍐記敆你欲个書搬轉去！

阿各位讀者，也散場喽！我欲先來去放一个屎！啊——未記得佮恁講，我屬兔。再會。

二三 敖：台語，「善」也，「高」也。

二四 破一大空：台語，「破一個大洞」。

二五 𣍐：台語，「不會」。

二六 悿：累倦，台語。

四

卻說在魚北紅塵鬧熱的商區中，小巷裡一棟高樹繁華的日式高級寓所也住了一個嗜書的笨蛋。他是位精神科醫師，幾世前是竹山一隻野豬，以多世行善，投胎為人，頗得人天福報。據說他與患者談話，一小時要收費五千圓，有人笑那不是口吐黃金嗎？其實不是！是傾聽便有黃金掉出來。他是豬形人，一隻笑咪咪的豬，兩乳間黑子當心，氣合而順，聲圓而寬，心廣體胖，言語有敘，學不來的，雖幾世為人了，鼻目嘴間猶殘一點豬相。他一屋子洋書，其中最特別的收藏是立體書，魚北曾經舉辦過一個大型的世界各國的立體書展，不少珍品便借自於他。曾經有位天真的年輕女人問他：「這麼多書你都看過嗎？」他燦爛他特有的豬笑做為回答。精神醫師是高危險行業，每日若在漩渦、深流中討生活，這點很多人不知道，他們的保費僅次於電影特技的替身演員，精神醫師必須懂得「無為」、「無言」、「無所用心」、「動於不得已」。

今天一早他難得閒坐在几淨窗明之前，隔著玻璃，意外發現一隻紅鳩不知何時來在院中的南洋杉上築巢，他趣味地看著牠啣草去來，大書桌上青花瓷盆裡的海棠豐姿艷然，他自小喜歡這樣的女人，不過這是他的秘密。遐想令他回到童年的竹山，可恨的是竹山這些年不說颱風，只要豪雨一下，崩山、走山、災害不已，他猛然想起費爾巴哈所說的：「拿去了自然界，人就不存在了。」離他的住處其實不遠，說是嵌著古錢和如意圖案的一百零一節水泥竹子究竟標示著什麼？他不禁意怯了。所幸就在他墜入意怯之井的半途，一線若無若有的香氣如鈎鑽入他的鼻子，野豬的鼻子是通體最靈敏的部位，所以他就像夏戈爾(Chagall)畫中那些因愛飄浮的人一樣，被帶到日式客廳一角的某一座書架前面，他凝聚嗅神，然後取出其中一本書。

打開書，書中彈出一棟屈奇瑰異的房子，不只屋中每一面牆，包括浴室、廁所、廚房，都是天棚[二七]及地的書架，連屋頂、外牆、院落、圍籬、鋪路

二七　天棚：台語。天花板。

也是。這是他從那株一百零一節的水泥竹子中某家專賣洋書的書店搬回來的珍藏，可令他吃驚的是裡頭不知何來一只紙雕兔子，那兔子就敧[二八]在奇觀般的偌大書房馬桶邊，冉冉透出一陣陣香蛇。

他猛然想起一位常讀古書的朋友跟他講的一個故事，即時徙步到前院。

那冰兔半升魄正在他庭院上方一小角青空裡。

二八　敧：斜。台語。中古漢語常見。

「耳人」

禺駬這輩人的父祖都告訴他們，祖上是由李漁的傳奇《蜃中樓》走出來的，可他們不知道，其實更早更早的書裡便有關於他們這種人的記載。他們從小就在長輩的監督下刻意把耳朵養得很長很長，等他們長大後，不管男女，便雙手執著耳朵走路，誰的耳朵大誰的聲勢就大，不只靠耳朵吃飯，一切浮生之資都非耳朵莫辦。

天才打醭光，禺駬便張開眼，下了床，拭了拭頭面，開始用一條專用的白布巾子，一大盆清水，仔細清潔前一日耳輪、耳背、耳垂上的積垢，然後取出一整套足足有三十七支，長短、功能不一的掏耳工具來，至福般地闔起雙眼開啟他一天最重要也最神聖的工作。他有時掏出一朵雲，有時掏出一隻兔，有時是獅子，有時像朵竹笙，竟也有像螺旋錐子的，全憑三指指尖靈敏的觸應，捕捉獵獲，然後慎重地擺在一方白紙上，做為一日吉凶之占。這種樂悅和大用不是洋番所能夢見，洋人只知耳臘可以防制埃塵、小蟲侵入耳中，對這種東方文化特產，隱藏於身體中的神聖性可謂毫髮不知，大畫家齊白石畫過一位盤坐的老人在挖耳朵，連佛家修行的羅漢都要挖耳朵呢！

掏完耳朵要梳理耳毛，耳毛長是壽徵，斷不可妄然翦除，但不可予人不潔的印象，至於耳穴中的微毛更是禺人相學中珍重異常的「耳毫」，萬不可誤拔，禺毌如奉勅般依行。

做完清潔工作，禺毌便開始吃飯。「不吃風是不行的，會餓死！」從小爸媽就這樣教他。禺人吃飯很妙的，因為世世代代的生計都在耳朵上發展，所以耳朵特別發達，他們的聽覺是我們的五萬倍，然在同時餘它器官也皆因廢用而退化成裝飾，可幸它們都生出俞管聯結於耳上，每吃飯時便將禺人世界中所有的頻道全部打開。每一頻道都有一只應運而生的名嘴，且只有一只，口吐嗎哪，眾人禮拜敬受，這即是他們所謂的「耳學」。你一定要知道別人在想什麼，否則你沒有辦法從他們身上獲利，你一定要認識新的時代，否則你將被淘汰。妙的是，禺聃的四肢百骸各有它們深自嗜好的頻道，所以吃飯時魚鳥聱耳，連牆壁都欲掩耳。不過不吃不能成活，只有忍耐，久之便練成殊絕的工夫，可以在囂囂謦謦中只取心中想聽的。名嘴的工作是揣度時運、人心，及時嚼一點亂飯來餵人，然而最重要的是要「一起鼓，便令你心不會想，什麼都看不見」，這是一種秘法，如此便可以在一團烈火之路成不倒之翁。你或許不信，連亞里斯多德（Aristotle, B.C.384-322）都把耳朵視為「思想的入口」呢！

待百骸都餵飽，禺聃取了米粉將雙耳前前後後、裡裡外外都撲了，又在耳輪、風當、垂珠各染一抹紅，「耳白於面」是富貴之相。今早出門有些遲了，本來要用手機招計程車的，不過因為他媽最近老嘮叨著要他找一個「圓耳厚肉，耳垂豐」的有錢老婆，如此可以節省三十年奮鬥，他覺得也對，但心底又更重視耳溝的姣好，因為他在一門「耳學」中學過「耳下垂，陰位向上」才是幫夫相，而且耳溝和女陰的能力有密切關聯，想到這裡，他的耳朵的某部分登時起了反應。他決定改坐捷運，畢竟捷運中觀察狩獵的機會多了，人生好比打撞球，你不自己做球給自己，專等別人失誤就晚了一手，於是整了整身上的西裝，執耳移步往捷運站去。

到了捷運站，一片耳海上下挪移漂漂盪盪，禺明恨不得自己變成一椿種木耳的樹幹，渾身上下長一千隻耳朵。巨大的人造洞窟裡千巖萬壑都張立著助聽器的廣告，無所不知的力量早洞悉禺人至深的需求。明明華燈爛然，卻似暗夜狩獵，禺明喪氣了，這便是人生所謂的「易中之難」。原初滿滿的自信消損九成，畢竟還不成精，只如耳海一粟載在咻咻隆隆的車廂裡。

將近他的辦公室，車門一開，下車的人方擠出，藍色的晨海竟湧了進來，曦光浪濤中行出一位四耳麗人，目層波，艷陸離，步態如馴鹿，登時他便忘了他和他媽所企盼的美德。他想挪近她，但在罐頭般的世界裡誰也無此能耐，過了三站到了市政府，她下車了，禺明趕緊也跟下，人潮中他一心追攀，可怪是，的的見她綽綽約約在前頭走著，卻怎麼也不能及，轉了幾轉，出車站竟烟去了。他心有不甘，會不會還未出站？又回步趕入地下，在地下商店裡一家家巡，每家商店都還未見有什麼客人，這時辰人們不是上班就是猶在家抱耳而睡，所以很快就確定落於空。

悵恨使他無心上班，又或者應該說他本來就不怎麼喜歡他的工作，他的工作是攻擊人的弱點，刺戟人的欲望，讓他們在短暫失去理智的情況下甘心地把錢掏出來。這種工作很勞神，有時莫名其妙成功了，又有時莫名其妙失敗了。百分之九十以上的禺人都過著這樣冰冷荒涼的日子，卻自慰於虛假的生氣勃發，誰願跟自己過不去呢？跟別人不一樣，便一錐七穿八穴！

他空著心在這禺人都邑的市政中心踽踽涼涼走著，街面上看不見什麼人，只見鐵包肉的車子去來，「這些車子怎麼都長得這麼醜？」他第一次真心這麼覺得：「房子也醜！」撥了手機到辦公室撒了一個謊，他找了一家「買七塊賣十一塊」買了兩紮六瓶裝的「海尼根」，準備渡過他的早上。每隔一陣，他都會如此做，生活太無趣了，以往他最常去的排遣之地是植物園，那裡有綠頭鴨，有松鼠，今天因還存著徼幸再遇麗人的妄心，權且就在這一帶猥瑣污穢的草地上將就一下。

他換了幾個地點，好不容易才找到一個可以忍受的地界。遠方便是禺人引以為傲的百層建築「耳空宮」，「節節高昇」、「吉祥如意」的陳詞濫語矇住人的心、眼，有人稱「醜得美！醜得美！」大多數人都覺得滅了燈放了花火，可以直追魚龍曼衍、火樹銀花的繁華盛世。女人暗了燈不都一樣好嗎？無論建築。他舉起碧柱般的瓶身，將金色的瓊汁灌入燥渴的胸喉。「幸好大多數人是這麼想的，否則我們這一行的人豈不餓死？」他突然對禺人每日逢人必說的日常招呼語產生一種不尋常的體悟。

美酒使他長日焦煎的渾身細胞一個一個復活過來，他望著天上的雲，好久沒看見雲了……正欣慰著，突然他的耳朵聆得奇異的騷動，那是大地波動的沙沙聲，然後傳到硬體建築上，「烈．烈．烈．烈．烈……」，因為盆地效應的關係，像一缸水受到外力搖晃，混盪了好久好久，附近大樓的人齊尖叫起來，不少人嚇得衝出地面，這才發現大樓裡竟藏了這許多人。「好可怕！」「好嚇人！」「幸好沒有釀成巨災。」驚魂未甫的可憐人群聚在街道上，一時皆不敢回辦公室去。然不知為什麼許多人的手機先後響了起來，有的人接到簡訊，慢慢地人們開始形成潮流往「耳空神宮」移動，禺聃也如一浮漚般隨人潮前進。一路上，猶聽人們禮貌地無著心互相招呼：「你的耳朵好漂亮，借我搧一下。」

神宮一柱擎天，是百只耳朵纍成，每一層皆做立耳形，可以隨時轉動，所有人皆舉首上望，說是有人橫空睡在樓頂的避雷針上，肉眼望去確見三叉尖頂上有一紅影橫著在上頭，不久，有好事的人架了大砲般的高倍望遠鏡，說是一位著襤褸朱色糞埽衣的大耳奇僧臥在針上。當然，過一會兒，電視報導車都來了，禺人特有的文化創意產業攤販也都來了，宛然形成一個巨大市集，大家都好奇這樣的怪事要如何搬演，連神宮裡的名牌店家也歇了業出來守望。

臭氧層破了大洞後，正午的日頭愈來愈赫奕，加上附近大樓玻璃幃幕所形成的折射、亂射，整個地界被光和蒸騰扭曲的熱空氣蒙染得半真半幻。中飯時間近了，舉萬禺人一邊守候事件的發展，一邊打開他的四肢百骸所需要的頻道，並在各式攤販間推搡攢擠找一些無味之味的小食。其實他們的味覺早就退化了，不過沒關係，自有名嘴會指點他們哪個攤子、什麼東西好吃，他們就往那兒擠，摩肩接踵的感覺便足以溼人底褲，有的年輕禺人甚至捧著名嘴的新著，按圖索驥，準備不遍吃一通不罷休。這下百層宮殿下方更似一具沸鼎，詭異的光氣越升越高，眼看就要漫沒整棟建築，忽聞暴雷似的一吼把這場囂亂凍住：

「吵死人啦——」聲音來自蜃樓頂端那根黑烏烏的三叉戟尖。原本橫臥在戟尖上的糞埽衣僧人，一手攀住避雷針，只一旋，便以雙腳夾住避雷針頂端坐起身來，他把目光如拋網般圓圓往下一撒：「哇——好熱鬧！好熱鬧！」又掀動他的鼻子：「嗯——好香！好香！都是農藥、化學肥料、殺蟲劑、殺草劑、人工色素、人造香精、基改作物、毒澱粉、瘦肉精、塑化劑的味道，人不能吃的油，有毒的水，有毒的空氣……可憐！可憐！你們也就這樣活著？驚死人！驚死人！」下方的人聽了都心中一震，不過沒關係，十分鐘後，一萬個禺人保證有九千九百九十個忘記。

「今日盛會如此，待老僧現一個戲法給諸位看！」奇僧手望空一指，晴天打了一個霹靂，口頌：「百尺竿頭，更進一步！」即騰身往上飛升，升至又百層樓高處，一停，竟變成禺聃所追蹤那四耳美人。禺人仰首全看呆了，本來相貌突梯滑稽如歸莊筆下羅漢的大耳怪誕僧人，幻成神光離合、乍陰乍陽的緊那羅女，她輕啟朱唇，口吐好音，時而燁兮如花，時而溫兮如瑩，把一個明明是炎火鬱陶的世界，唱成游絲縈春柳，流泉舞荇帶……廣場上的禺人都旋神了，若被扶電所擊。眾人心神正恍惚間，欻爾美人不知為何頭一倒栽垂直以重力加速度直直往下墜落。整個地界都驚呼起來，眼看就要濺血玉殞，誰知才至地面便自沒去了，消失前猶露貝齒清晰地說：「樂土少人往，苦道多翻囊。」親眼目睹的人全嚇呆了，附近的人趕緊圜聚去看，哪裡還有那狂僧美人的跡影？惟一可以證明此事不虛的是地面上留了一個似字非字似花非花的圖記，墨氣淋漓，一只在場的名嘴立刻宣稱，那是一位畫家的簽名。眾心疑惑不定。

又過好一陣子，有人開始散去，有的還勾留觀望，禺聃自然是不肯心甘的一個，他盯住那圖記，好像學射的人一樣把那花押越看越大，越看越大，終至那花動了起來……不！是另一波更大的地動襲來。垂直激烈震動的S波使每一隻想要奔竄的腳踏空，地面像凍河冰解般斷裂開坼，人、車、附近的建築、一切的一切都往下沉，落入地所張開的巨口裡，整個盆地藉由以前被禺人們用水泥和柏油撿藏在地底下的溝渠河道把海水吸了進來，海水湧入後便在盆中駭人激烈旋轉，所有的人以及水能帶動的物，都如被載入一座巨大的摩天輪，摩天輪轉了又轉，轉了又轉，地暗天昏，幾個小時後好不容易慢了下來，竟又開始逆向旋轉，如是一再重複。禺人本來無所不能的耳朵，在自然的巨力下全失去功能，少數敏捷的人化耳為臂，似猿如猴般逃往附近丘陵高樹樹頂，多數則化為魚蟲隨旋水沉入水中，然後驚霧來了，把流波上的一切盡皆侵吞。

禺眲攀住一塊寶麗龍板，如逢奇蹟般僥倖未死。迷霧中，他的耳朵始而聊啾，而後感到一股扎刺的痛，終而作起失訊的風雨來。一隻盆地特有種，專以耳朵獵殺蟲子的大耳怪蛙游近，跳在他頭上，一人一蛙開始認真思考：在這資源有限的世界遊戲場上，不倚賴耳朵，當怎麼活下去？

傾聽

在一形似一只耳朵的山隈裡，到處都是古樹輪菌，四圍奇峰合沓，把天隱去大半，只有午時前後幾個時辰受陽氣眷顧。十年前新闢的一個角陬，種了幾百株油桐和五爪桐，還有一聚落奇形植物，有的像長了鐵蒺藜，有的如鞭上生鞭、刺上生刺，古怪之至。這群新植被以幾間已趨敗蔽的草屋為中心，做一隱微難覺的扇形陣圖往南伸展，屋右方不甚遠處有一埤池，以竹筧引來澗水，水中有循筧自游來的野魚，給這個地方帶來可珍的生氣，早晚每見肥魚躍出水面捕食蟲子，晴夜有星月來池中。

草屋和外界的聯結是一曲曲折折、似無若有，只有極少數諳熟當地的人才能辨識的草徑，夏盛草長時須斬草前進。此時是清明第一候，草屋附近桐花似雪，令人心碎的白，卻又似那般無願自得，一只披著奇妙紋樣的石牆蝶由澗邊不知為什麼飛來，就歇在花界裡斂翅立著不動，任由花雪寂落在牠身外的世界。

花外，一株五爪桐窸窸索索動了起來，樹後有怪疑之物艱難升起，然後伸出一只不像手不像鳥爪的東西，以它的分叉鉗下一片片桐葉，塞入一口褪色的黑袋裡。那口袋子很大，肚腹裡已裝滿不少它要的目的物，不過因為還沒有達到所需的目標，所以袋子孱弱的主人繼續奮力。他臉上戴的黑布覆面因急驟的呼息激烈顫抖著，身上聯褰百結的袍子也是，其實把身軀立直對他已是極大的負擔，更多時候他像尺蠖一般在地面屈伸著，他的雙眼已經看不清外界事物，俯身做事時腰好像要折斷，腳常筋攣，一手廢了。這些年來他已慢慢學會不多想，然而這猶帶色心的桐花令他不能忍的想起年衰的母親，還有父親、祖上的墳，不知有人去祭掃麼？他的病拖累了全家人，連舊時的相識也常因他搖尾乞藥的信，破財濟助於他。他其實怨恨見到日頭，每一無意中瞥見自己的影像便心飛神駭。幾年前，還有一個僕豎照顧他的，後來連他自己也覺心不能安，便遣走了，誰能日日見一骸骨半死、沉痾肉蠹的枯株在目前移動而不心摧呢？日子像夢魘一樣，他每日能做的就是強自鎮定心與形的駭變，在附近已趨荒蕪的野田中找到一點吃的，並利用早年栽種的那些植物減輕身上瘰癘的惡化。他現在極少舉火炊食了，但桐葉煮汁浸泡手腳，用桐葉在醋中蒸過貼患處則不可免。採足桐葉後，攲在樹下，讓那好像已經不屬於他的軀身獲得喘息的機會，然後又在花雪中艱難的屈伸拖爬，好一陣子才抵達草屋外的一小片薄荷田。這野薄荷生命力很強，不怎麼需要照顧，清明前後正是該分植的時候，他以畸形的指縫挾了幾片葉子，塞入覆面裡，覆面巾子一振一振動了起來，葉子的汁液沿著口、食道、胃沁入體內，他把失念無光的雙目對向青空，上方有二岫雲正以拔絲之形緩緩散去。獲得了葉汁的滋養，他繼續爬向墊高了基址，四周滿是碎石和落葉的草屋，石縫中長了幾株枝燈般的野雞髻花，他就從那些枝燈腳下爬入屋裡。

久之，又一屈一伸爬了出來，這回胸前斜橫了一只水囊往埤池方向去。池邊種了娟美的月季，此時正抽出大大小小的花苞，一旁還有連翹、木鱉子、蓖麻、木薯、地瓜、山藥、芋頭，都已乏人照料野茂著，這都是他的救命之資。以往體力尚能負荷時，他要到南邊的溪上汲水，到東巖上採薪，有時到附近的精舍學道，如今血氣中絕、四肢萎隨，生活半徑就剩這麼一點點了。剛遷居來時偶來探訊的山鄰，目睹他形貌的激烈變蝕都卻步了，來相過的只有不識人間美醜的風煙、鳥獸、蟲蛇；風吹萬籟，和他一起相弔相歌，饑鼠榪鳥和他一起慶賀此處猶有吃食供牠們活存。脆漏的生命不意受到這般的遭遇，如一片被蟲蛀蝕的殘敗菜葉，他用倖存的一隻手把覆面扯向一邊，以亡失半唇的齒牙咬開皮囊的木塞，然後顫抖著一手取水，目觸波淪他想起他的恩師以前曾批評他太驕傲不懂得養生，而且太悲觀了。正是驕傲與悲觀誤了自己，自以為是才人，才人有什麼用呢？崑山上的玉石突然摧頹崩落了，龍受雷擊遍體鱗傷，鳳翠斷折了，形半生半死，氣似絕又連，常憂懼自己就這麼無處訴屈的死在山藪。神虛精散，名利之心猶不能滅，喜怒哀樂獨不能除，所以被業火燒得苦上增苦。思觸及此，翳目中轉閃著一滴微不可覺的淚，若說身似浮雲，那麼不就應該在爬行中蒸發掉麼？他看著取水時撓起的波漪散盪去，而後吃力地挪轉頭、身，此時的自己大概像一只殘敗剝脆的人頭蟲身俑，襤褸之袍和苟延的殘軀相依相纏，多想就此永遠歇息！可是好像又還含著一縷懸懸的生的欲望。匍匐了幾尺，竟伏面趴在半途不動了。

費盡氣力升起的火上，一只大舊鼎煮著桐葉，火舌吞吐薪柴，光搖一具眉落鬢禿、骨肉塌陷，令人聯想一隻禿盡鬃毛的獅子的臉。他把骨立的，好似捏著一奇形手印的左手蹺在腿上，一手熟練地用小刀切開一段段植物，然後把那些植物的乳汁抹在渾身的癩痾上。這些植物有的如綠鞭，有的如黑鋼，有的如怪異兵器，有的如角上生角，都是早年徙居此地時刻意種植的，許些莖上本來長著棘刺，取伐時先割去了。脫去蔽縷，火讓他的軀幹更舒服了，這些植物的汁液也是，然而他總覺得頭頂像聚滿了飛塵，臂部有時若埋在積雪，聯蹺支離的腳似要長出柳樹來。此刻突生一種衝動想把腳放進火堆裡，他曾聽人說身毒有位和他同樣得癘風之疾的大將軍，為取得痛覺常把手伸入火中，他把身子慢慢挪近火堆，火伸出紅舌包裹、舔舐他左腳的五根趾頭，他注目著，心中不生一想，沒多久，他的左腳就燒成他在王府掌文書時古玩商人賣予他的那只漢代雁足燈的燈足一般模樣。亂迷中一陣吱叫騷擾驚醒他，是那和他同居同處了好些年的黑眉錦蛇正捉野鼠，他不禁為自己的聰明眩曜、精神越濮苦笑起來。

水慢慢滾了，桐葉把水色轉成綠，他伸手把火撥散，又取了一莖枯草，引其餘火，把放在旁不遠處的省油燈點上，然後先燈後人，一寸寸往屋內唯一的一只矮几邊移。往昔他雙眼還能看見時，就坐在籍上几前看書寫字，如今這些都做不得了，還存一種倚在故處的陳習，几上方有一由屋樑吊垂而下的跪坐人俑銅燈，年光將俑剝蝕，透生幾分鬼氣，幾隻蝙蝠繞飛掠食蟲子。好不艱難穩几坐定，他伸出軟弱的手把几上一只烏檀木盒打開，取出三枚蓖麻子置入口中，而後拏飲壺就口送服下咽。悔不該信什麼丹砂大藥，如今弄得家業破敗，拖累家人，舊識走避，窘蠢於泥沙，龍鍾於塵垢。他一邊想一邊把拖在一旁的蔽袍，穿在變易到自己幾乎都不認得的軀身上。《史記．刺客列傳》說豫讓漆身為癘，吞炭自啞，即是像我這個模樣嗎？那麼我要去刺殺誰？刺殺朱顏玉貌而飛禍即將纏於高鼻的自己嗎？百丈遊絲爭繞樹，一群嬌鳥共啼花，終歸宛轉匡床於此闇昏小室。每隔一段日子他會去偃臥在早為自己營築的墓壙裡，有時是白日有時是深夜，就在他最以為窮奇的那棵古樹下，什麼也不做，什麼也不想，等有一回古樹把他吞下，終而一起化為無。他早跟妻子、親友們執別了，教他們勿以自己為意，好好活著。人各有定數，惟有義命自安，慚愧的是自己這十年來在山中營建，所費甚多，本該息貪寡欲的，卻因別人的資助，又萌貪心，所以業越積越多。好比那火苞草、金剛纂、龍骨木、麒麟花、綠珊瑚，它們如何變成另一種植物活在這泡幻的世界上？思慮愈墮愈深，愈墮愈深，不知不覺攤平殘軀，其上似乎壓著千仞之海。地板下有螞蟻行走的聲音，越聚越多，越聚越響，終於像滾雷一樣，屋裡訇然出現一隻又一隻白羊，把整個屋子擠滿，沒有一隻羊能走得動。

當惶懼攫住他時，懸在頭面正上方的人俑銅燈突爾發出煌煌光焰，原來常覺和自己一樣鬼氣森然的面容竟放出微笑：

「盧照鄰啊！我陪了你大半輩子你竟看不見我，每個面龐都必皺於童年，你我襞積千皺的皮膚和崎嶬枯槁的形體也是。人生並不皆是苦，只見苦而不見樂，便是自己將苦放大了十千倍。你是很幸運的，有你的弟弟、妻子照顧你老年的母親，又有不少舊識知交幫助你，這便是你當引以為喜的。又你受的苦使你比別人更有機會瞭解苦的真諦，這是我想要提醒你的。其實你的苦都在你的自心裡，你把一切都染上苦，所以你看不見生活中像奇蹟一般平靜、滿足的喜樂。人世那有像你這麼惷愚的人？你看不見桐花，看不見月季，看不見園中那些滋養你、治療你的植物的美，你把全副精神都用來鼓動肉身中潛伏的波濤和海怪，永溺於伊鬱呻嚬。你在精舍裡不曾聽法師說過：因有六賊故生五悲？你剛化去的恩師不也常教你：多思則神殆，多念則志散，多愁則心慴，多事則形勞，多惡則憔悴無歡？十二多不除，則營衛失度，血氣妄行，何況你這多病的軀體？要醒過來呢！」

他聽了似有轟雷落在近旁徼幸不死一般。原來，每一個人心中都住著另一個人，每一個物中都駐著另一個物，不！原來人即是物，物即是人吶！這舊代之物竟有這般的智慧。人跟人，人跟物之間，是有奇特緣分的，即使相隔百千年，他心中的寒冰開始溶解、崩落。或者因為勞憂苦辛了一日，或者因為這跟隨自己半生的舊物點破他心中的鐵牢，沒多久，他罕得的沉沉睡去。

日頭猶未躍出地平線，已把群峰東向一面的高遙山巔染金，這谽谺的幽壑還座落在醭光裡，而山鳥卻開始一一飛離宿樹展啟一日謀食的圖卷。桐雪得溫度催動好像也在樹身上醒了過來。有的比前一日更盛放了，有的放盡了便躍入空裡生一小小的氣流旋落，而後輕輕加疊在先行者身上，這是美麗的時光刻漏。獅面尺蠖匍匐在地感受這一切，心生一種莫名的感動，其實他目力已昏，不能看見清晰的細節了，可是他對外界還存一種自己也不能說清的「受」，自從那銅燈上的人俑和他說話以後，他開始練習觸受身邊垂手可得的美。那白像緜邈的虛空，可以覆蓋一切包覆一切，滌盡他一身瘰癘創痛。即連那梅紅緗蕊的月季也是，多像留在家裡替他照料老母的妻子啊！他這一生對她的欠負只有來生再報了。他聽見鳥穿歇在園裡的植物間取食，也聽見魚跳出水面又落入水中沉游的水響，甚至偶爾飛來沾息在他頭身的細蟲也令他覺得他活著。寄居在他肉身的腐蝕力量並未因此消失減退，他每日每夜仍須照顧它們，擁抱它們，但他逐漸明白那只是生理上的，哪一天等他的肉身消逝，痛苦也就不存在了。源於無明所生的恐懼，和與世不合、為世所棄的怨尤，不再使他的痛苦妄生妄加。

一日中晝，他發現夏雪盡了，一令的最後一朵月季正盛放枝頭，他不能自持地將殘餘的目光全傾入花的清韻中，那顏色如此清新、自在、安詳，他想起他初得病時妻子為治療他身上的癩痾，親手做給他吃的月季、芫花釀鯽魚，那月季曾滋養他成為他身體的一部分，如今他想：我也可以回報它呀！於是他平靜、謙卑地奮起全身最後之力躍入剎那變得無比巨大的空間裡。幾天後，有人傳聞他投穎水死了，實則那好比大氣中一朵且行且化的雲，這個方位這個地域的人說它是一隻欲張口噬人的獰猛惡獸，另一方位另一地域的人則稱它是一只亭蓋，過一陣，它們全皆變了，甚至有天真的小孩說它像三角形、梯形，什麼都可能也什麼都不是，這就是生死。

在已然成為都市之瘤的一個荒仄角隅裡，一座狹陋的小陸橋上立著一位穿著藍布袍的白髮老者。你很難想像幾十年前這下頭是一座人車熙攘的平交道，如今鐵道兩旁整個被堵死，只餘一棟已遭棄置的、暗紅的磚砌火車調度塔做為見證。老人來到這裡，是因讀了一本古人的集子，所以回到童年的故居看看幼年時大人們口中的「癩痾病院」。那建築還像奇蹟一般完好如舊的躲在寂寥的鐵道邊，童時曾與之嬉遊那對石獅已被人移走，這樣的二十一世紀裡竟還有人用一輛幾十年前的老式載貨腳踏車懸著幾條豬肉在院門口賣。遠方一棟棟灰撲撲的鋼骨水泥大厦如墓碑叢立，其間赫然有一巨大的耳朵，耳朵裡嵌了一只助聽器。老人一見便明了於心：那是廣告！比上個世紀的大了何止數十倍呵！

拍攝墳墓的人

有位老朋友問我：「這些年做什麼呢？」我說：「拍照。」「拍些什麼呢？」「譬如，墳墓。拍了十幾年。」「那只能放在網路上嘍！」是的，這樣的東西，印成集子沒人要買，做成展覽無人愛看，有人或想：「是不是不太正常？」確然。

我和墳墓的奇特淵源大概要從三十一歲那年算起。那一年我因差點病死，剛由米國回到這個島上，頭毛枯焦渾身像一只鳥羓[1]般住在暗坑一間空屋裡。那間屋子是島上房地產炒作不實廣告的典型產物，廣告中連結市區外圍的跨溪之橋十年後都沒有出現，惟一與外界交通的是，比彼時早三十年常見的雙線柏油路，當大量的砂石車和少數的客運鼓噪而過，颺粉般的黃塵使路旁的人、畜、樹、草、建築立時變色，夜間車輛肇事時漆黑裡濺出駭目

[1] 台語，鳥乾。

動心的美麗火星。幸運的是社區斜對面不遠處有一條更小的單線農用產業道路，這條路每日清晨散綴著紅肥爆濺被輾碎不久的蛙、鼠、蛇、鳥的屍體，我便沿著這些屍體晨跑，穿過一座大養豬場，一個大概不到十戶人家的小聚落，再轉上一小段兩旁是狹窄稻田的前面提到的雙線柏油路，然後拋棄它取一道趄坡子上空軍公墓，這時便進入一個罕有人悠游、徜徉、味賞的界域。不過通常我不隨[二]在此處勾留，要先下坡到吊橋另一頭的舊街買菜。

老街的早市使人身上的每個細胞都探出頭來，濃郁、無遮的世味在這裡顯現。乘節氣流轉長出的蔬果被二足動物由四方八面運來布陣，肉砧上勁力飽滿的鐵鉤鉤住豬頭、腹內[三]、肉條，紅記記、笑微微地替肉砧主人招呼客人，天真的孩子看著雞、鴨一隻又一隻挨宰，口說：「好可怕哦！」好色的男子手抓大鋁盆中的游魚，嘴上還價，眼裡盯著鋁盆邊如雷的乳房，磨刀的砂輪噴出燦目的火花。橋頭著名的北方餃子館門口大鍋炁著白煙，鬧熱都聚集在長街這頭，比較寧靜的行業同樣提供生老病死之具則座落在街的另一頭，街末尾處有一傳統的打鐵店，鐵店旁有一窄坡，鮮見履蹤，是日本人所

二 隨：立刻。台語，中古漢語常用。

三 腹內：內臟。中古漢語，台語中猶存。

說的提供「鐵砲」的地方，「砲所」往下望是一渡口，平林漠漠，盡是烟竹。

大抵這段時日，我與活人的接觸，一日中只有買菜這段時間，餘他時間都不開口，有時腦子想著東西，兩三天未曾跟一個人說上一句話。

買完菜，例在水岸散步，偶聞船家、茶棚斷章之語，啟人深思。然後過吊橋、履碧水，有時恍惚見到千年前的景象。再而梭遊空軍公墓。這空軍公墓，如今回想來，好比一座津渡，度我去了解世塵之人眼中，那些已然抵達另一個世界的人，遺蛻在此世的軀身或流連不去的魂魄所居的界域。由於種種現實條件的會合，這墓群有一種少見的潔淨與親人，病廢機絲的寂靜心靈，常引我細細去吟味每一座墓碑上的文字與照片，久了後，他們好像都成了我的鄰居、神交的朋友，有時我會發現某一座墓的主人，生日那天有人來供了一束爛然的鮮花，或者不為什麼特別的理由，只在遊潭中昇起思念，留下一些不捨的遺痕。我常去看他們，尤其夏季亮朗的夜。又有幾座墓園，下臨潭水，與群墓稍隔，竟似亭台樓榭皆備，想是世塵名位比較高的主人所有，我常行坐其間，任由微風、花氣帶我進入想像的世界。如今雖然離開這些墓有四分之一個世紀了，猶存一種藕絲般的情誼，但我從來沒拍過它們，啟動我拍攝墳墓的是一偶然的聽聞。

幾年後，我脫離死手的陰影，又開始滿盪世俗濃烈香氣的蠅鬚爭利、蝸角鬥爭的生理，可幸的是日長還躭興在讀書和電影上頭。徙居到淡水的第一年冬天，有一次因事一大早由台北坐車回淡水，在假日塞滿遊客的公路局上，遇見常晤的電影圖書館秘書小姐，說來慚愧她的名字如今已記不起了，不過我還能記得她的長相、談吐，小個兒、白白淨淨、很柔婉的一個女孩，與她同行的是位淨素優雅的老太太。我問她：

「去淡水玩嗎？」

「不是。陪我的鄰居到淡水去給她的朋友上上墓。她們很多同鄉來到此地後沒有後代，所以只要天晴她想起他們，會讓我陪她來看看他們。她只會講廣東話，所以有時辦起事來不方便。那些墓有的草長了兩三人高，找都找不到，有的乾脆塌了、垮了，不處理不行。」

「都是哪裡的人？」

「順德，銀同。」

「很了不起的老太太呢！」我轉過頭對那老太太笑一笑，雖然她未必聽到我們在談什麼。「可是，公墓在那兒呢？」

「在要進淡水那個斜坡上右手邊。」

不多久，她們便不得不排開滿車的觀光客下車去了。

這椿聽聞在我心上踩下一個深深的腳印，那時我剛買一台萊卡R４相機，每天黃昏四點半到五點半定時到淡海海邊去試相機性能。尋一個艷陽的早晨，我便揹著相機由我住的油車口一路徒步，穿過老街走到鎮外坡上，就由上回我見她們下車的地方轉入去。

巨大的墓場連綿起伏像一隻行走中的貓科猛獸，只差不會真的移動，有人祭掃的墓因距清明已遠，草亦深了，多年乏人整理的墓，一整群一整群被九頭怪噴泉般的芒草吞沒，雨水造成的土石崩塌傾圮不少墓體結構。高草相偃而倒形成駭人的亂流，時露出墳的斷片並骨灰罈子，有時懷疑自己的目光隨時會撞見白骨，竟莫名想起童年看的陳定國漫畫《三國演義》中的水淹曹軍，麵條般的江水決潰後，人馬陷於其中沉浮。我不能禁地舉起相機，讓快門在眼前一次又一次開闔，近景、中景、遠景，多麼駭心動魄的景象呀！一定有人問：「你不怕嗎？」其實我也浸在顫動的恐懼裡。一面細心地移動腳步，深怕踐踏沾辱、觸犯了墓的主人們，一面跟他們說話：「對不起呢！我想把你們的世界，告訴外面的人，讓他們知道。」我底心中不斷昇起佛號，行遍大半個墓場，至極端疲累後，才回到入口坡徑旁一小方平台上立著歇心。我把目光投向那片亂崗上的天，天色不知何時轉陰了，面天之山有雲飄過來。在那兒立了很久，空裡開始滴雨。

正欲回程，突然發現腳下不遠有一小塊不惹人目的平草，上頭立一方觀音石，走近細看，刻著「愛兒三月之墓」。映照兩旁饅頭狀的傳統墓構，它顯得如此易於受人忽視，卻又如此不群！「愛兒三月」是修墓者的愛兒只活了三月日？還是那孩子的父母為他取名「三月」？我的心再一次顫抖。

因厭惡和公路上的汽車廢氣與噪音並行，我從我住的天生國小邊公寓摸索出一條小徑，坎坎坷坷、曲曲彎彎繞過高爾夫球場圍牆邊，穿過幾戶農家後方的土坡，經「北門鎖鑰」、「忠烈祠」後方山徑，抵達這座墓場北域。這條路引我發現許多這座墓場的秘密。

每隔一陣，便有一區墳墓墓頭一角被人用紅漆編上號碼，不是如我常在裡頭「散步」的人不會發現。墳場入夜後時有火災發生，搭車夜歸的人可以看到觸天的火光，消防車在鎮的入口處怪獸般成群呼嘯。開始時，人魂驚動，久之麻木，不以為奇，總以為公墓老舊失人管顧爾爾。

火燒以後，很多墳墓被掘開了，旁邊放了一些顯然簇新的金甕，有的用粗蔴索拉了厚帆布棚子保護它，有的即露天立在瘡痍的地界。我看過最怪奇的是：有一約莫五、六十歲男子的黑白照片懸在墓樹上，左眼瞳孔被插了一隻銀針，陽光下銀針發出動眼的光芒，而挖開的墓地上則堆了顯然剛運來不多時的砂和水泥、石子，像是正準備起造新墳呢！

又一日，我在晨步中赫然撞見皎日下，無數火舌正齊齊整整地舔舐一整片坡幅上無言無哀的住戶，火場邊界如經刀劃。有好事的精靈推我疾步下坡用公路旁的公共電話通報火災，電話那頭好像並不意外。約莫二十分鐘後，哇哇來到坡嘴的兩輛消防車走下幾十個手執打火工具的人，他們一路談笑往坡上走，帶著晴日郊遊的意態，待再往前，見到一個胸掛相機的人擬準他們和火場正在拍照，這下全慌了，登時改轉動態，一群人迅速散向四邊，開始揚動手上的器械與火相搏。那些本來照著棋譜移動的棋子們，事後必然怨怪、擔心這個闖入者會做出什麼舉動。

我走遍整座墓場，拍攝一切波動我心的現象，很自然地，我也發現南域同樣有一條鮮有人迹的野徑，取這野徑便見墳墓越來越少，末尾是一大片美麗的花田，再外頭是公路旁一個當年不起眼的小聚落——外竿蓁林。這片花田煞似人居與冥界的錦繡緄帶，棗紅帶紫的以及純白的大麗花，披髮當風亭立在青空下，無數舌狀花和管狀花聚成一個又一個更大的頭形花由地氣裡冒出來，叫人一見畢生不能得忘。

當時與我同住一個公寓的室友，是位開明有趣的中學英文老師，並不以我常到墳場散步、拍照為晦氣，雖然也無同遊的雅興。然而一年多後，卻出現了一個經常和我一起在夜黑裡穿越整座墓場的女子，她是我後來的妻子，當我開始拍攝這座墓場時，她就賃屋在外竿蓁林。「竿蓁」其實就是「菅蓁」，是方音不同生出來的字，芒草叢生的意思。

她年輕時是人們口中的動人女子，陪嫁是一只黑貓，很佩服劉鶚買了一棟鬼屋，壁掛琴劍徹夜讀書的故事。我們初談戀愛時，夜半常取前面所說的無人野徑送她回她住的地方，而回想來似不可思議，當時總有幾隻狗隨著我們像一路保護，冥冥中存在一股力量，我們好似連害怕的心也不曾生。結婚後我們隨著運命之力，停駐過島上許多地方，拍過許多不同的墳場，有時她無意中闖入我的鏡頭，我竟覺得她與那景渾然融為一體，好似她本然是從那裡走出來的。說來你或者不信，我和她新婚不久，宿在一個朋友客廳，地舖上方有一造形很特別的樑正壓在我們頭上，是夜我做了一個夢，夢見我們上輩子即是夫妻，不過她在生時，我們從未見過面，此世再續前緣，肉身相擁二十載，我才了悟她是我的「蛤佛」。

「蛤佛」是由日常生活所嗜悟道的故事。實則那些年我沉迷於拍照亦無異「食蛤」，除了無休無止的拍攝墳墓，同時我還進行幾個像是永遠不合完成的拍攝計畫：「貓的生老病死」、「人的狀態」、「東」以及「古代中國」，都是妄想積累「徒勞的一瞬」見入另一個世界。而癡愚的我竟未發現，攝影進入荒誕的所謂「民主化」之後，便失去了真正的讀者，大家都當「作者」去了，包括我在內。渴望是毒，貪愛是毒。

而凡人皆把貪愛當成生命的動力，甚至用它來對待死亡。我在十幾年的墳墓拍攝裡發現，每一座墳的修造，都或濃烈或澹泊地顯示墓主的背景和個性，它包孕著某種企盼，甚至會說話，雖然或無特定的對象。「恐懼」與「不祥之念」織成一道道無形的步幛阻絕人們到處蹦跳的好奇心理，所以他們聽不見。

我在太平洋濱親眼見到梵樂希（Valéry）詩篇中描述的海濱墓園，我曾在須得兩人合抱的桃花心木圈成的山腳大墓場裡，拍過用鐵條織成奇紋鏤空拱飾的年輕女子幽居，同一座墓場裡又有一男子，在他已經開始皴裂的安息地底朗聲吟道：「只須十尺地，便足容此身！」好大氣派！亂世中自有不凡之人。同樣，我在豐原鄭成功祠附近一處山坡上，見過一座形狀罕見的尖塔狀碑墳，上書：「滿州客死於此。」一句便能超拔，動人遙想。在東部荒隅的坡旮旯裡，我見過一無碑長方盒狀麤陋洗石子墳體，上方置一滿聚胡蠅的帶毛死雞，由它所放的位置你可以確定那是供品。距此不遠，又有一座簡陋的新墳，坟臉下方嵌一小磁磚，上有一小女孩的像片，坟墓通體全無一字，磁磚前歪倒著兩只底層生活中常見的粉紅色塑膠碗，一只裝的白飯，一只裝兩塊豆干，把口痴張的像片中的小女孩直直望向這兩隻碗。坡下即是一以溫和、馴善、年輕男女高大俊美聞名的原住民部落，在不同的政權更迭中常處於樣板地位，他們的墓場中有不少碑石刻著日本人的姓氏，這種現象好比島上某些地方的「番字洞」，顯現這個島嶼的文化地層。

墓場常洩露時代的歷史狀態：島上一些開發得比較早的地方，匠人風格恆顯示某種承傳，至於含藏都市規劃的意味。有些地方淪為現代物質主義的犧牲品，人居、墳墓都半陷入地底，竟能安然如常生活。你走過越多不同的地方，看過越多不同的墳墓，你越了解它們的歌吟，不過被商業主義和唯科技主義深深俘虜的現代人，泰半已成希臘神話中的「百眼巨人阿古斯」，阿古斯渾身長滿眼睛，無時無刻不在注視，連睡覺時都只閉上一雙眼，其它九十八隻仍如雀羅般密密開張著，終至不免疲累被砍卻頭顱，這是此世失去「讀者」的故事。而我是寂寞的「獨眼畸人」嗎？有時我忍不住問自己。

約莫十二年前一個清明前夕，我歷史性地結束我十餘年的獨眼拍攝。有天我突然想起：為什麼我從未拍過我遷來東部以後家附近的墓場？長著三隻嘴的村人不是說，只要你肯花六百塊，就會有人拏著手電晚上到公墓裡的雉穴抓一隻雄雉來賣你？這地廣人稀的小鎮，雉還常見，有時雌雄結群、翠羽燦麗飛向竹節，穿過小路，橫越鐵道，歇落廢棄的木造宿舍。雉是不稀奇的，倒是以墓為穴稀奇，是如何光景呢？即乘氣朗天清立時起程。

牽著腳踏車在野蔓然猶不失幽雅的墓場土徑上行，大抵是清明將屆墓場已稍做整理，亦有人家提前先來祭掃，長瓶插滿各色鮮花，左旋右旋，彎來斡去，柳暗花明，花明柳暗，總不見那些三嘴人說的荒敗景象。忽爾一具被撬開的棺材像一艘小船橫坐墳起的墓丘，棺蓋被掀開後胡亂搭住棺壁，壽衣似蛇蛻遺落其上，你好似可以見到行事人倉皇粗率，又像目前的視象正散放某種氣味侵入你腦中。那時已過中午十一點了，依民俗是陽氣正盛的時刻，而我猶覺一股陰氣穿透全身，我繞著它從不同角度拍了幾張，不過憑的只是直覺，對象物的細節在鏡頭裡只是一個零。拍完，我心中默頌佛號推著車子催步走出墓場，過往「阿波羅執弓，讓凡人跨越距離、死亡、恐怖與敬畏」的妄想全銷解了。許多年後，我清清楚楚地知道，它是我墳場攝影的終曲。

你若問我，是「恐懼」令我結束這場十幾年的拍攝嗎？我可以很肯定的告訴你「不是！」實則這次的會遇，正同前幾年，當我聞知我的忘年故交大攝影家張才老哥，身故後底片藥膜全化為柏油般的黏液，啟動我「由愛生苦」的覺悟。廣欽老和尚在生時有人問他：「修行最難的是什麼？」他說：「無別。一切無別。」

好些年我不拍墳墓了，不過有時我們全家驅車經過墳場，我和我的妻子還會帶著我們的小兒、小女到裡頭探望另一個世界。

「佛指」

林翠、鄧麗君的生命之線，如游絲般般在青空飄颺那幾個月，他也三度進加護病房。有一回，他在平日疼惜如子的黑貓阿弟竝手端坐前，腦中生出一片白，心生「我休矣」三字，脫過這一厄後，他和妻子決定把生活自都市連根拔起，徙居到這座島的東部。親熟的朋友中有人笑他是「美人」，因為與「美人」同病，實則他長得像一隻受驚的鳥，若要具體描述他的形貌倒不難，因為有一樁現成的真事：他一位嫁給法國人的女性朋友，有一年回巴黎，正趕上美國普普藝術家安迪·華荷的大展，說：「滿街都是你的照片！」

在都市，他長年煮字為食，很覺厭倦，遷至鄉下，正好斬斷這空花般的活計，幸爾年輕時保留了一張地球科學的畢業證書，頗稱順利地在兩山之間的縱谷南方取得一中學教師職位。他自幼親近自然，又自學生時代起便對原住民文化深感興趣，所以遠離都會的鬧熱、繁華並不令他寂寞。平日，妻子和黑貓兒子在大平之洋潮聲盈耳的另一所學校教書，週末，兩人一貓常在島的南方小市歡會。這半出於處境所迫的樂旅，使她們的履跡幾乎遍踏整座島的東界。

這座島的老師有一怪奇的任務：必須帶領學生參加各式各樣由官方教育單位舉辦的競賽或展覽。因為人心功利居多，便產生許多偽詐。輪到他帶領學生做科展時，他那和他的陳年痼疾互因互生的犟病又發，堅持要真正實地帶學生做一場地質觀察。

在這島的東南邊，他所任教的縣份裡，有一種舉世罕有的地質樣相：由於長期深囚在地底的小紅人們集體要求解除禁錮，所以海洋地殼和大陸地殼激烈變動，某種極富世味或出世味的地形由海底升出，這些泥岩由於顆粒細小，且其間膠結十分鬆散，草木難生，常成鬼斧劈就的刀刃狀惡地。當他第一次見到這景緻時，時當正午，頂光如億萬金針，刺得人眼欲盲，而他竟生出一種怪念：「此時若有戴『能』[一]面或做『能』裝束的人現身，即是一閃而逝，或寂然穿行而過，都不得了。」這是天成的舞台——「無」。

不過這惡地最壯觀的景離他所任教的學校太遠，他無能帶著一群學生去觀察，所以遍查資料又託人開著車子，在海岸山脈內側一個荒僻的原住民小聚落邊，找到一個合適的露頭。他不只一回帶著學生遠足去觀察，而且常獨自一人揹著他的萊卡(Leica)相機去拍照，要拍到幾張會說話的照片是不容易的，你必須深悉該一地理環境隨時光移轉所生的事相和光線變化。最令他吃驚的是：他竟看見一隻幾乎與泥岩同色的小蛇，以他二十幾歲時畫的一幅「蛇草」的姿形，靜棲在一無遮蔽的火焰形蝕溝裡。視覺圖像有時藏著某種秘密義涵，不是平人所能意透。

一　「能」：日本古樂名，觀阿彌、世阿彌等所創。脫胎於「猿樂」，合舞樂謠曲而成。

一位在地的同事聞知他常去這偏鄙的角隅很覺好奇，說：「再往前去有座禪寺。」果然，在這惡地露頭再往北，驅車約十餘分鐘處，便見一礫石平台上涌生一座塔式建築，建築雖稱「禪寺」，外形卻屬喇嘛塔形制，整座佛寺還在起造階段，只一鋼筋混泥土粗胚，上覆素樸的黃綠兩色琉璃瓦頂，大殿內部閬閬閌閌[二]，四壁蕭然，卻見六尊兩人多高的脫活乾漆紵紗紵麻佛像，依曼荼羅圖式配置在整個空間，中尊是誕生佛，兩旁是二佛二菩薩。令人意外的是這些佛像很有些年代了，不僅造形、神態，連衣襞的流動，都令人想起日本奈良唐招提寺的鑑真和尚像。他忍不住想：「自己空讀了幾年藝術史，竟不知島上有如此美妙的佛像！」不！或者是因天驚地駭的動亂，由海外流入，歇腳在這片荒煙中。那誕生佛自摩耶夫人攀折花枝的右脇下生出後，落地走了七步，一手指天一手指地，作獅子吼，即成一座時空泯滅的老相。文殊菩薩頭戴五佛冠，一手持寶劍一手持鈴，是純密教系的一面二臂，不騎獅子。普賢菩薩亦不騎象，手持金剛杵戴五佛寶冠，和尋常所見不甚相同。誕生佛後方又有一佛，一手持蓮

二　閬閬閌閌：台語，高大空虛貌。出《漢書．揚雄傳》。

花，或為燃灯佛，據說釋迦牟尼在前世時，曾買五莖蓮花獻燃灯佛，釋迦牟尼因得其護佑，能於此賢劫善報成佛，這燃灯佛所立的蓮座前有一架交莖蓮花。諸佛諸菩薩腳下的油灯、燭台、線香架、木魚、法鈸、供花都很有嚴莊出塵的趣味，寺中卻渾不見一人影。他最讚嘆的是：清水粗抹的鋪地上嵌了一些似是深藏奧旨的磁磚拼就的圖案或梵字，和粗疏漆就的無門白色門框上率意繪飾的藍、綠、褐三色橫紋，照映成一難言的法趣。他在殿裡巡了又巡，走了又走，像洗了心一般。

之後，他每遇適好的都合[三]，必帶遠道來遊的國內外親友去巡禮，引為島東一勝。許多年後，他赫然發現由阿爾金寺[四]遠望便皆是這種人稱「火焰山」的惡地，益發覺得這些佛像到來此處，不是無因。然而不管他去過多少次，總不見寺中出現住持師父和打理的僧俗，香火灯燭供花一貫地寂靜無嘩，只一回在夕暮中聞得經誦之聲，想是多年深信之人，頗得法味，是一中年男子，說是由高雄遠道驅車而來，不久便要回去。問他佛像從哪兒來，也

三　適好的都合：台語，適當的機緣。

四　阿爾金寺在蒙古。

說不出，只稱路過是客。

最後一次見到那群佛像是在一個盛夏的夜深處，他和兩位同事到那海岸山脈附近去看獅子座和仙英座的流星雨，惡地左近絕少人跡，星雨燦然，如真似幻。回程時帶著一種異樣的奮興，恍若雪夜乘舟去看幾位老朋友，彼夜有一樁事，他大概至死不能得忘：一截佛指墜落在澹明搖曳的燭影下，雖朽壞了，卻猶柔軟、流麗、靜寂，髣如佛的本體，「這是何許的靜物啊！」他讚嘆再三。對美的恍惚使他生起一個貪念：「若將這佛指帶回家去，我便可以告訴別人甚麼叫綟紗紵蔴佛像了！」可是馬上又有一個念頭提醒他這是錯的。渴望是毒。當然同行者皆未見這爭戰。

接著，由於人世紛塵，大概有一、二年時間他竟忘了這座禪寺，他和妻子也都調回縱谷的北邊。

某個寒天，半夜醒來，他看見他的大畫桌上不知何來一只大白盤，盤中所盛正是那截佛指。「有這等奇事？」一念才生，盤和指又不見。他想那是自己妄生，可是後來又如是出現了好幾回，於是便和妻子參詳[五]找一日特地回舊地看去。待返得彼地，寺還如故，佛像全換成一批麵人似的新佛，好不令人傷情。後來託當地的朋友輾轉打聽，才知那群佛像先後朽壞，便一併歸土去了。不過他夫婦還生一種癡：「若早得知，便將他們請回供在家裡。」

有許多年時間他一直不能透他所見之幻，要到他夫婦生了兩個小孩，從小把家裡供的佛和菩薩當玩伴玩，他才醒得：「盤，不就是盛食物的嗎？我就是那只大白盤。」

[五] 參詳：台語，討論、商量。

太陽

——紫檀八百年成材。

第一次見到他時，這棵紫檀才如成人一指般高，如今樹已成材了，我的耳朵猶不能忘。

「太陽ㄚ——我就是太陽！我知道你們都不信，但我告訴你們我確實是太陽。你們注意聽——那是太乙，是我運行時發出的聲音。」

那時我廿四歲。為甚麼能記得廿四歲？因為當時我在一個完全沒有藝術科系的大學的愛樂社團聆樂室裡，開了一個油畫展，一位乾癟如老嫗的男藝評家突如其來由地底鑽出，他一幅一幅看完後，交握雙手用手肘貼身撞我：「你幾歲？」「我廿四歲。」「你畫得像四十二歲一樣！」他說。太陽也是那時出現的。

一位附庸風雅而實痴愚的二世子託我照顧太陽：「他有時候有點不對勁，不過很有才情，跟你可以說是同門師兄弟。」後來我才知道，原來太陽在家裡仿了很多我的老師的畫，十幾歲的小毛頭筆力當然是談不上的，可是因為畫思像成熟的藝術家，所以眼界淺陋的人很是嘆贊。

我呢？正好跟他相反，從來不畫跟老師一樣的畫。老師呢？雖口裡不說，師兄妹中也最不喜歡我。我的老師的畫以白、大片的白見長，我的畫呢？黑黷黷、烏黓黓的，像從煙囪裡爬出來，有時不用筆，用手亂抓、亂摵、亂撇、亂搗[二]。彼時，我的老師的畫如密藏於山，一般人無緣得見，連那如同地底冒出的藝評家都深感興趣。平人的生活太枯燥無趣，一則傳奇最好做心靈的潤滑劑。

學生時代的我是被無聊賴吞噬的，和少數一些被聯考分數沖刷、擱淺至魚島第一學府的柴柿仔（廢材）、鋸屑一樣，並不正經讀書，只在校園內外四處旁聽游觀，行走社團，以好事、高談為能。當時每週二、週五的「當

[二] 搗：塗抹。

代智慧講座」，愛樂社主辦的劉富美、劉青雲、陳必先演奏會，視聽社放映的世界各國經典名片《羅馬》、《愛情神話》、《沙丘之女》、《處女之泉》、《第七封印》、《慾海含羞花》、《去年在馬倫巴》、《廣島之戀》，保釣、民族主義座談會、法學院事件都有我們的身影。在街頭為黨外候選人發傳單，組織醫療服務隊到魚島西部最貧困的鄉下，參加校外的現代舞團，舉辦唱片展、音樂書展、藝術營，當心理系同學新設計的心理測驗的白老鼠，為植物系畫植物標本，隨人類學系下鄉做田野……只差沒有好好讀書。到底大學怎麼畢業的自己也不清楚，誠如幾十年後一位同道所說的：「多虧大家幫忙！」怪哉太陽雖然只是一個以打架聞名的相扑雞仔學校畢業的高中生，不知受誰點撥，也常出現在這些場合。

我是暗夜，所以對太陽興趣不大，太陽倒是神出鬼沒，總能把我從活人坑、死人洞裡掘出來。我在哪裡？旁聽什麼課？他都知道，我沒課時都磨銷在聆樂室更是他所習曉。太陽和二世子一樣喜歡和我談藝術，我卻怕極了他們。短鬚、個性庸弱如阿斗的二世子，曾喜滋滋地告我，他把洪通的畫分成三十八種，嚇得我光著屁股就跑。太陽比二世子精鬼，改和我談藝術以外的事。

有一回他很嚴肅地對我說：「你們不是都愛談政治嗎？我，我告訴你，國父是大華民國總統，蔣中正是中華民國總統，小華民國總統呢？——就是我！」然後戴著他的三分頭走掉。可憐當時我只對其中的譫妄生出一股涼意和悲憫，待魚島進入真正的民選總統，我才領悟這話的神諭性。

我曾被他跟過三個太陽三個月亮，只差沒跟我回家睡覺。在第三個月亮下，我吐出一腹火燒灼他，作為這場詭異糾纏的終了，此後有很長一段時間他失蹤了，一位後來成為很有名的心理醫生的朋友說我傷了太陽的心。然而哪個活物沒有心呢？即便是當年我們那些身心無所安頓的孤魂！那陣子，一大清早四、五點，家中電話常駭人響起，一些激烈於政治的同輩友朋屢因散發傳單、辦雜誌，半夜三、四點睡夢中被請至特務機構問話，那是昏暗的時代，不能甘心的人在找尋一絲光。家裡很生氣，到底在幹甚麼呢？「吃[三]飦釭中央（鍋心飯），傷（太過）好命！」當時心如行將溺斃的人，連極好的女友

[三] 飦釭：「飦」，台語「飯」。中古漢語。「釭」，鍋。見《博雅》、《康熙字典》。

也無故分手。

音樂在那樣的年代哩，為像我這樣的亡命之徒提供了「聖堂庇護」，我把聆樂室當成家，雖然其他同樣也經常耗在聆樂室的人並未意識到。然而有誰能完全進入另一個人的內心裡呢？不！其實連自己也不能！人世間大多數的事，即使是當事人，也多要到許多年後才能完全了解，或竟終其生不能。

一個炙熱的下午，當我正漂浮在荀白克（Schöenberg）〈淨夜〉如水藻般的樂音裡，有個悅耳而膽怯的女性聲音趨近我：「是某某某嗎？」一具紅是紅、白是白、黑是黑的臉龐出現在我眼前，你很難說它美，也很難說它不美，然而在那素樸的年代確是突兀的，臉部以下是一身近類日本和服的十彩拼布百納袍，暑日裡做這樣的穿著是異乎常人了，可是社團活動中心確有冷氣，所以好像又可以理解。

「我弟弟住院了，希望你能去看他。他常提到你，我想你是能幫助他的。他有時怪怪的，可是很有才華，我常告訴他學校裡有什麼活動，他也很上進，很想學。我是圖館系的。」

我看著她，想了一下：「恐怕不太方便吧！」她湧出一股失望，靜立一會兒，走了。

又過幾日，一場夏日烏天暗地的暴雨把各社團的人以及到餐廳吃午飯的人都困在活動中心，循例這是翹課的好藉口，我們幾個樂瘋把聆樂室的門窗都關起，布簾都拉上，催動擴大器，用蕭提（Solti）指揮的李斯特（Liszt）〈普羅米修斯〉、〈但丁交響曲〉對抗戶外的駭人風雨。開首的疾弦繁管中，還偶有人轉動門把進出，在磨石地板遺下一灘又一灘水痕，終至整個房間靜定下來，成為一個盛滿樂音的幸福容器。我們隨長號進入〈苦惱之城〉，歷經恐怖、戰慄、哀嚎、悲慘，復由童聲合唱的〈聖母讚歌〉獲得淨化。藝術是甘霖，灑落在我們乾裂出無數開口，抱懷無名不安的渴盼心靈。冷氣不知何時被關掉了，屋裡的人熟知是雨停了，即把窗簾、窗戶都拉開，屋簷滴落著瑩瑩水珠，夕色斜了，天青中帶一點桃紅。一位面貌如烟，身穿米黃色手工縫成，貼身棉布軟衫的女孩，由第一排沙發上起身走到窗台邊恬惺惺立著，兩具山水喇叭傳出薩提（Satie）琴曲〈裸露的部分〉（*Gymno-pédie*），那眉目輪廓，和當時窗台外吐露清氣的雀鳴，宛若和薩提的樂音渾為一體，我突然意識到：「她就是那天那個女孩！」她消失前，在我掌中留下一枚紙片，上面簡單寫著醫院的名稱和病床號碼。

「我哪有甚麼姐姐？都是他們捏造出來的！不過你來我還是很高興，好朋友嘛！他們都說我阿達，他們才阿達嘌！我只是去游泳，他們硬要說我怎樣怎樣。」

他隨手把我送給他的小含羞草從青花小盆裡拔出來，丟進醫院的垃圾桶裡。

「我告訴你一個秘密，我從來不跟人講。藝術家都有秘密的，沒有秘密的都不是真正的藝術家。醫生問我，我也不講，他老想刺探我。哼！老鼠捉貓！」

太陽撩起腹前的衣裾露出肚腩。「你看！」

原來他全身凡衣物覆蓋處，皆密密長滿幾不可察的鱗紋，每片疊鱗都如錢幣般大，重沓在一起。「相命的說，這是錢紋，主財運！」他很得意的說。

「不過夏日太熱時，鱗縫會發癢，癢得人好難過，有時滲血水。我去看皮膚科，醫師說是長細菌，給我藥塗，可我一塗，錢鱗就不見了，所以死也不塗。有人說是長錢蝨，那是胡白講，錢怎麼長蝨子呢？後來我想得一個辦法：到水裡拼命游。游啊游啊，水涼，就不癢，可是不能停。這回我就是因為沒停，昏厥過去。」

「清冷的冬天也討厭。當凍風像剛磨過的剃刀在臉上細細的刮，我衣褲底下的皮膚就起疹子，癢啊！抓破皮也不能止，每天晚上都不能睡。我畫過一張畫，一大片黑中有一隻會變形的蟲子。折磨得我好慘！」

他見我對他的話題表現出空前的興趣，開始罵起醫生和護士。「強迫我吃藥，讓我變成獃子！」我不敢應，也未堪得惡氣之蛇，趕緊施尿遁。始皇騎魚飛過。

幾個月過去，太陽都留在他的扶桑樹老家休養。不過太陽永遠要再探出頭來的。

果不其然，一個十月小陽春的黃昏，我們一群各學院的流民，正踞、倚在大王椰樹下，守候每日某時必由女一、二舍，叮叮咚咚跳動彈躍出來，一路行遊的兩顆大胸脯時，太陽從西邊——我們的後方——冒出來。

他已然把我當成知己，把他數月來所堰塞的一切往我頭上倒，當我覺得快沒頂、窒息時他猶不罷口。我開始自救，強迫自己往校門方向移動腳步，他竟爾也繞著我跟行，最後不知為什麼，也不知怎麼發生的，他的臉竟正正的嵌在燦亮的夕日裡放聲笑了起來，有那麼一瞬，好像有一股力量要將我吸入他所身處的世界。這是我最後一次見到他。

多年來我歷經了人生許多事，一位好友在他過世前曾激動地對我說：「要是我是你，我早就瘋了！」其實跨過那道隱形的線談何容易？我四十歲時，兩次不死，發現太陽也會以黑曜石髑髏頂戴黃金火焰的形式像我們示現，彼時我才了悟，正同對黑洞，我們對太陽幾乎一無所知。

「我在你們每一個人的細胞裡，你們每一個人都靠我滋養而活。」

我們都像一片羽毛。

蜩甲

笑栽迷迷渾渾地撩開蚊罩，下了板床總舖[一]，頭頂著他的鼻子往屋外走。行過半禿的地界時，順手抄了一莖牛筋草花，把折斷一頭放入嘴裡，嚼著嚼著上了魚塭邊伸往池中的窄板橋。到了橋端，他把褲頭一鬆，蹲了下來，將圓實的臀部轉向橋外虛懸處。說也怪，池中那些草魚、烏鰡見了他的影子，或者聞得他尾脽[二]透出的氣味，全由四面八方靠攏來。嗯……嗯……那明黃色的，在清晨的冷空氣裡猶升一股熱氣的投彈，方入水中便被幽緩移動的黑影吞沒。草莖特有的滋味在他的齒間漫盪開來，鑽入他的腦部，他才真正清醒過來。

抹紅毛土[三]的磚子厝殼四圍，每一窟魚塭都插著一、兩隻竹篙，上頭綁著猶在掙扎或已奄奄一息的「暗光仔鳥」[四]。作魚塭人最怨這種鳥[五]，日時看了

一 總舖：台語，即「通舖」。

二 尾脽：台語，臀部。

三 紅毛土：台語，水泥。台人稱西班牙人、荷蘭人為「紅毛」。

牠紅色的眼睛，胸坎便要噴出火來，夜間聽到牠宏亮的叫聲，恨不得立刻執散彈槍出去把牠轟碎，逮住牠煮來吃腥臭難以下咽，所以用殺雞儆猴之法，活活把牠吊死。他口中喃喃唸了一句：「沒法度！」拭完屁股，隨手把那朵白紙花棄入水面，濁綠中竟也有魚見影而至。他起身回到岸邊，把餵魚的機器啟動，觸目所及那一窟窟魚池全皆興起一片鬧熱。

以往他對這份鬧熱常懷一種喜意，今天他的心像一片擂碎的龍眼殼。不是因為飲醉，那些高粱憑他牛牯般的軀骸還能承受，也不是因為他那吃飯配鹿頭的老爸不屑地祭起慣有的所羅門王式裁判：「過去就過去，閣生即有（再生就有）！」是老母怯怯看著他那副哀悽的眼神觸動他多年輕視的父性。這顆正落在心頭好像把時空也全都炸去的晴雷，正是他自已親手安放、埋管的，只是他自己不知道。不過，世人不多如此麼？

這蕭壠[六]舊地的冬天，若是出日，日陽明暖，金光杲杲，腳下的老木屐帶著他的雙腳往更遠處的塭子去。走著走著，起風了，他選了一處避風的小

四　暗光仔鳥：台語稱夜鷺「暗光仔鳥」。

五　日時：白天。

六　蕭壠：平埔族社名。

坡欹坐下來，一群青笛子[七]「唧伊——」「唧伊——」「唧伊——」飛過他身側不遠，又即飛走。前方幾朵綿雲停在穹青裡，他隨手採了幾顆蔓長在身旁的野生「柑子蜜」[八]塞入口中，酸酸甜甜地漿液濺入他的齒縫，把他半似麻木的心喚醒過來。開濶的地界，風慢慢強勁起來，越坡而下，在塭池上撩起一陣又一陣粼粼細細的波紋，像一枝枝在幻中擺盪的菊花，又像一大片隨磁場變動流行的鉄屑，他從小熟悉的這些視象又在他目前演動起來。「不是每一隻動物長大以後都要離開父母，自己求生麼？」他這麼問自己，可是胸中仍不能禁的升起一股深深的寂寞。畢竟他是人，從自己身內一滴化成的人，才十九歲，猶不別[九]世事，連跟爸媽說一聲都沒有就在他藏駐於殘艷繁華的刺青舖子裡結束了自己的生命。「現在說誰是誰不是，都沒有用了！」他那讀研究所後回家作魚塭的弟弟比他還達理。命運正同這張水面上的粼網。孩子剛出生時，煩孩子的教父為他取了五十個名字，自己都嫌不好，偏自給他取了一個字的單名，爾後相者批為大凶，改換新名，仍難逃噩運，最可憐是自己做父母的竟從未想過孩子在想什麼。

七　青笛子：台語稱「綠繡眼」曰「青笛子」。

八　柑子蜜：南台灣人稱番茄為「柑子蜜」。

九　不別：不能分別，不識。台語。

一思及此，他竟渾身痛癢起來，好似夏日炎瘴裡塭池內那著了「魚箭」之病的群魚，非得在水中狂竄奔游不足以釋放心身的惱熱痛楚，他幾幾乎就看到自己手臂上細鱗狀的細胞，每一條隙縫都滲出血來。他想起多年好友建次，健次有一隻塑膠簰子[十]，年輕時兩人常一起到「內海仔」的蚵棚裡潛水射魚，那沉暗蒼穹下，無垠沙洲外還是無垠沙洲的鯤鯓景色，每在他頹落時浮現在他眼前。

回到塭寮，當他試圖發動那隻年輕時代乘風而行的老野狼時，發現長年飽含塩分子的空氣竟不知何時偷偷把他的愛騎蝕化得病弱多咳，他蹲下身來把機油、汽缸、火星塞都細細檢查、清理過，才又催動跨獸往中洲去。

他先拐到內壁嵌著葉王[十一]交趾燒的大廟邊，在市場內買了幾顆花生白米粽，準擬潛水、打魚餓了吃。到了那兒，怪哉車床工廠大白日裡竟反串著門栓，明明車子停在一邊，怎麼喚叫都無人應。建次那白晰修長的妻子大概騎她那輛小司庫達[十二]出去了，可工廠裡沒人倒較稀罕！沿著厝腳他慢慢遶到後

十　簰子：竹筏、木筏。台語，中古漢語。

十一　葉王乃前代交趾燒名匠。

十二　司庫達：日本外來語，小型機車。

頭，猛力往小窗望入去，口裡猶不肯死心地叫。還是沒有應聲，可是卻由窗縫裡看到健次遠遠地寬然坐在一只大條椅上動也不動，工廠裡十九歲的小會計正同一隻白鰻般勾住他的腰胯激烈掙扎扭動，其實他由健次的眼神知道健次也聽到他來了，可這時萬無答應的道理。健次的神鞭可謂天賦異稟，常弄得妻子難當欲逃，出於一種女人的善良心愧，頗聽由他行徑如獸，有時笑栽大白日來找，就看他坐在空屋正中，邊看日本A片邊搓弄他那巨鳥，也不避人。笑栽看著眼前這場好戲，想起健次射女如射魚的高論，頗生敬意，不過今天潛水、射魚是去不成了！

　　掉轉雙腿前的老獸頭，往塩田方向砰砰而去，愈往前綠意愈少，其間他也曾想到他安放在行跡各地那些多肉多汁的水床般的女人，但由心的深處不時冒長出的悲傷很快遮蔽了她們。叉離柏油馬路後，土地很快由黃色轉變成深褐色，那深褐中藏著紫、明黃、黑、藍、暗紅各種微塵般的色彩粒子，只有他這樣的雙眼才能看到。鼻黏膜敏覺到氣流裡傳盪的鹽腥味，他的山眉、牛眼、大耳、豬鼻、闊嘴、薄唇、樱髮開始聚成一幅嚴峻的神態，一反平日與人相酬的鬆散嬾放。這是他的秘密花園，「扮豬吃老虎」的絕學在此地用不上。又或者應該說他即是這片土地上長出的異草，不管你喜歡或不喜歡，這草有它的姿態、氣味，有它的秋、冬、春、夏，有它的喜、怒、哀、樂，跟一切自然間的野性一樣，不為任何人而存在，包括他自己。

好多好多年沒到這海邊了，上回來時滿天夏雲白，今則冬光冷冽，早起的日頭收去，他把車子用銹斑蝕蝕的圈鎖鎖在堤前的草地上，漫步爬就墘[十三]岸。沿著堤，芒草已深，野風吹面，海就在遠處木麻黃林又後方。「實在講，沒應該結婚。本初想，生一個查甫囝子[十四]，掞(丟)與(給)查某人[十五]去飼，攲(將)老的彼隻嘴塞起。誰知影(知道)娶一個愚婦，也想欲做藝術家，遂舞一坑遮大坑(竟搞出這麼大一個洞)！」他蓬著心，竟不覺自己在對自己說話。

走了一陣，他覺到腹肚的枵飢在叫喚他，於是選了一處避風的趄坡子[十六]坐下，從手中拎著的塑膠袋裡揀出兩顆花生白米粽來。這花生白米粽和麻薩[十七]末魚粥一樣同是故鄉的食中珍品，純以食材的鮮美和蒸作取勝，餡料只那嵌

十三 墘岸：台語「堤防」曰「墘岸」。

十四 查甫囝子：男孩子。

十五 查某人：女人。

十六 趄坡子：斜坡。台語，中古漢語。

十七 麻薩末魚即虱目魚。

在白粽上的兩粒花生，吃了齒頰生香。他把青粽葉任意灑下坡去，心中升起一股適意，其實生活中他最喜愛的就是像現在這樣身邊沒有任何人的時光，沒有任何責任，沒有任何牽掛，戴著笑臉和都市裡從事藝術買賣的人相交，他並不覺特別痛苦，人總歸要吃飯，況又常有美或不美的女人慕名送懷，可他真心喜愛的還是這種蟲在深草的生活。草地郎會當[十八]四界放屎尿，都市郎舉日[十九]代面[二十]不能脫得，想到這裡心中潮湧一股滋味，不過現實的理性立刻攔阻他再想下去。他無奈地立起身來，拎著袋中贌的兩顆粽子回到堤頂，繼續往海邊行去。

一群「芒當丟子」[二一]飛至他前方的芒花、草葉，細長的尾巴隨草桿擺盪上下晃動，其中一、兩隻單調無力的叫著：「ㄐㄩ、ㄐㄩ、ㄐㄩ」三音，又先後鑽入高深的葦叢裡。不能自禁地，他想起小時候他的阿嬤(祖母)己家一人坐在戶桯闇漠寂寂的歌聲：

「一隻好鳥是芒當，
飛懸飛低在看人。

十八 會當：能夠、可以。台語，中古漢語。
十九 舉日：整天。台語，中古漢語。
二十 代面：面具。
二一 芒當丟子：台語稱褐頭鷦鶯為「芒當丟子」。「丟子」是「小」的意思，中古漢語。「芒當」即「當芒」，褐頭鷦鶯常當芒而立。

君仔目珠這活動，

心肝不知想啥人……」

那歌聲中有一種亙古難名的悲哀，好像也流動在自己的血液裡，他無意識地避身舉掌想將歌聲推走，忘了它並不是外來的產物。

腳引領他艱難地穿過滿佈垃圾的木麻黃林。斑甲[二二]故故叫著，有時受他驚擾，霍然由一處飛到另一處。林外，風吹野水，潮猶無力地打向他年輕時代的沙灘又寂寞地退去，他把木屐脫下擱在一塊石頭上，粽子也是，然後走向濕沙。沙侵入他的指縫裡，他的腳也陷入滑動的沙中，當他深愛大海還不懂得什麼是藝術時，潮水為他帶來好像源自另一個世界的各式奇妙斷片，他傾聽其中包藏的秘密，而後將它口占出來，如今沙岸上任何引他興味的東西都不見了，即連完整的貝殼都見不到幾個。他空了心，一直走到日平西，才轉步回到置物的石頭邊。

夕日在昏濛中逐時失去光芒。因為全無轉家[二三]的念頭，他很自然地回到木

二二　斑甲：斑鳩。

二三　轉家：回家。

麻黃林下蒐集了一些柴枝，在石畔生了一堆火。他自小喜歡野地中的火，正同他喜歡只穿一條內褲、袒赤腳，喝醉了爬上桌子踏歌唱〈台東調〉，不過他極少在人前顯露這一面。

晰晰燎火予他一股巨大的溫暖，把默默高天、茫茫物情、寒波、初老全隔絕在外頭，他以為海又開始愛他了。誰知坐了一陣，翽一聲，一隻不明的禽物由他臉前掠過，四圍起了飆風，一枝銀藍的電影巨义似激射入不遠處海面，雲中雷車鬼轉，他所升的那堆燎火，在狂亂擺盪中竟幻出一幅又一幅他早年那些採自海側，似由苦鹵枯草亂織而成的烏金般的畫，而尤不能堪的是，柴火聲中裂出的嗤嗤童戲。風淒暝色後，他面仆沙灘，如一片枯葉，空中有歌怨咽：「死了你／哭了／我惡劣。」夜深過海而來，行過他，還過岸林。

隔一日，木麻黃林迎東一面，懸絲上有一只青蟲努力扭動身軀，想爬就日頭去。

兩隻兔子的一日

如人所言，老女的皺紋中亦藏著百夜銷魂，眼前這個陋拙的男子也藏著他動人神魂的青春。

卯生有時面對家中那唯一一面鏡子，見到裡頭反射出來的影像，著驚[1]的對自己說：「那是我嗎？時光這老怪竟將我的肉身風化、侵蝕成這等模樣！」可有時這件母親留給他的可珍遺物，卻又在它起伏的銀黑可觸、幻想的世界中，浮顯七分他舊日的俊爽。光影欺人，確實不差。

於是他想起明代大畫家、大書法家、大戲劇家徐渭的《自書小像贊》：「吾生而肥，弱冠而羸不勝衣。既立而復漸以肥，乃至於若斯圖之痴痴也。蓋年以歷於知非。然則今日之痴痴，安知其不復羸羸，以庶幾於山澤之癯

[1] 著驚：台語，「吃驚」。

也？而人又安得執斯圖以刻舟而守株？噫！龍耶？豬耶？鶴耶？凫耶？蝶栩栩耶？周蘧蘧耶？疇知其初耶？」

心泳動間，一隻蜘蛛由銀鏡中涌出，跳向他……

黑鐵時代的驕陽下，金光閃閃的尤加利樹透出清芳，捲向兩個誇奢的年輕人包下的野雞計程。說兩人包下，其實是完完全全、徹徹底底的錯誤，因為這趟旅程中所有的開銷都由其中一個人支付，而另一個人——也就是卯生——囊袋裡是沒有幾文錢的。不只卯生，那個年代島上大多數的人，尤其是年輕人，都沒甚麼零花。有一次，他在他所讀的大學裡，幾個朋友把日常的零用都開盡了沒錢吃飯，只湊了三塊半在學校活動中心買了一碟炒米粉，三個大男生也就那麼過了一頓，青春很奇妙的。卯生讀的是島上最好的大學，而他這位家裡嚴厲禁止他與其交往的詭奇同齡遊伴——卯陽——則在混完一個著名的相扑（打架）雞仔學校高中夜間部後就取得自由之身。他的錢，那麼多錢，在那樣的年代裡，從哪裡來？卯生即使在四十年後也不曾明曉，因為當他想問他時，他已經死了三十年，而且和他繫著重要命運之絲的人也盡死了。

不管如何，今天他們要去做一件很少人做的事——雇一艘漁船，到海口外釣魚，一次八百元，且需在海防登記。兩個人都是辛卯年出生的，卯賜比卯生只大七、八個月，可是卯賜的世界遠超乎卯生想像。

野雞計程循例停在鎮口公路局車站前，這是公定的行情。兩人背著小冰箱、釣竿往老街去，經過大同戲院小巷口時卯賜手往左一指：「等一會兒，阮（我們）愛（須）行邊兒彼條巷子去搭船子。」腳下不停，瞥見「一信」[二]湖綠色浮紋瓷磚上墨色猶新的「捨米」[三]紅紙告示，又過街步經「一個男人手揮大刀把活雞頸部一刀砍斷」的奇妙市招，來至大廟邊的老熟食攤子。一大簏籮、一大簏籮的魚炸、肉炸、各色丸子、天婦羅正熱騰騰地往攤面上滾，他們隨世俗鬧熱的吆喝買了兩大袋食物做為一整日的糧草。然後一面醫嘴[四]一面選活蝦購沙蠶作釣餌，卯生沒見過沙蠶[五]，看牠們渾身沾滿粗砂粒子蠕動，竟爾想起邈遁的龍，他不知這是世間至美之味。海釣的釣餌比平人日常吃的食物還好還貴，卯生第一次開了眼界，因為天真的青春，他竟不知問他的伙伴：

二　「一信」：第一信用合作社。

三　捨米：早年積善德的人施米濟窮。

四　醫嘴：台語。嘴餓了，治療嘴巴。

五　「沙蠶凍」乃廈門美食，人間至美之味。

「你怎懂得這些?」接著又補充一點釣具，待一切備辦停當，「阮(我們)拋(邊)港墘仔[六]來找船。」卯賜說。

於是往前走向渡船頭，假日清晨遊人與本地客織成一幅雍雅而富生氣的市街景象，小坡上有一棟日式建築傳出德布西(Debussy)的琴曲，卯生正覺意外，忽聽擦身而過的兩位中年鎮上男子笑著說：「彼西仔番[七]閣(又)在教賣魚的彈鋼琴喽!」若不是今天有重要的事，直想去探個究竟。

水岸呞呞響起，開始漲潮了，兩人沿著港墘加快腳步往方才入鎮那個方向路底的小聚落走，在一座小廟金亭南方一戶漁家找到他們要找的船主。船主黝黑、憨直的笑容在黃槿樹和河岸的沙嘴間開得十二分燦爛。早穿好吊肩帶連靴管的塑膠工作服，他即時領他們上船，然後涉入水中把船一步步推離砂嘴，待水深沒腰了，才上船使篙。小船完全離岸後，放流河中，即抽動馬達。

漭漭波潮令大地開始波動起來，右岸的山巒、渡口、燈塔、廟寺、教堂、淡江女學、牛津學堂、小白宮、紅毛城、北門鎖鑰，全如兒童樂園裡氣

[六] 港墘仔：河岸邊。

[七] 西仔番：台語，指法蘭西洋人。

槍射擊遊戲擺設的動靶往後小去，而後顯現出大屯的身形，妙的是左岸面天而臥的觀音巍然不動，神臉下方只一座小漁村。在岸時都見河海動，等到了河上、海上才知大地山巒也會動。再前方，就是劉銘傳和西仔番相戰時，派人沉船佈雷鎮港的所在，船家熱心地告訴他們，兩人因為太年輕還不別[八]歷史的奧妙，也不追問下去。

船至出海口，海風撲面，上是無際的藍天，四下皆是盪人的白涌，卯生感到害怕了，心像一隻發抖的兔子。卯賜倒若無事擺開釣陣，用三指熟練地剝起活蝦，把肥美的蝦肉一塊塊攞在一只盆裡，又取出盛沙蠶的木盒，綁起釣鉤。卯生也釣過魚，但都是湖釣、溪釣，用輪釣釣海這是第一回，他凡事學著卯賜，自己不能的，如綁鉤，就由卯賜代勞。首先著鉤的是一隻一掌大的赤鰭，卯賜用毛巾去壓牠，然後丟入冰箱的碎冰裡，船家笑看著說：「好采頭！這赤鰭仔統（最）好吃！」卯賜略帶得意：「呀——傷（太）小尾！」隨著上餌又甩出輪竿。過一段時間，又拉起兩隻潑刺刺的烏格仔和一隻硬棘戟張的花身雞魚，然後接連是討厭的俗稱「刺脽」的刺河魨。「給伊曝死，勿好

八　不別：不識。台語。

敆伊擲轉水裡去！」「這刺䲅舉港嘩嘩是。」卯賜這般和船家交談。後來卯生終於也開張了，是一隻相貌很普通，人稱「象魚」的網紋臭都，他因為沒經驗，所以卯賜預先要他戴上手套，有些魚的棘刺會在人手上鑿一個大窟窿，甚至釋放蛋白質性毒素，魚只一掌多大，但在船身裡如熔銀般彈跳，卯賜急取手網來幫他，船家評論道：「臭都也誠濟（很多）！」果不然，卯賜也接連釣起幾隻象魚，有的黑黷黷的。卯生釣起一隻鸚鯉，外行的他以為是鯽，換得一笑，再而又拉起幾隻刺䲅，好不喪氣。以前在貓鼻頭、野柳立於岩岸上用手竿釣的那些會游動的七彩珠寶，還有他曾在磯岸上看別人釣得的華貴王者全泳入他的腦裡。嘴裡不說，意態孏盡。卯賜後來又釣到一隻相貌像極軍中尉官的石鱸，便不再有甚麼響動。船主陪笑道：「中晝時，較鱠著鈎。」卯賜好似早經盤算：「頭个[九]（的），麻煩你拋（遶）去聖心彼爿（邊），阮欲去看彼間教堂。」即收起釣竿、釣餌。

波浪不知何時平靜下來了，只覺一股巨大的穩定的持衡力量，牽動無數不可見的抽象波線，帶動水皮上無量的、傳出不可說的光的訊號的水

九　頭个：台語。「老闆」、「頭家」。

珠。船像一葉小兒玩具般砰砰駛向河口左方一片頂頭密匝匝生滿相思樹的陡峭土崖，由海面上望，多情多姿的穠綠間矗立一座鐵堡般的灰色建築，它有一股說不出的美，此後要終生烙印在卯生心裡。還不到相思花開的季節，可是空氣裡好像傳盪著那黃花的香氣，阿勞(Claudio Arrau)彈的〈三度交替〉(*Canope*)在空裡、在水光間忽隱忽現，好長一段時間三個人都沒說出一句話，那山崖、那建築也俯視海光淼滉中的他們。

餓把他們由神馳中喚醒，三人開始喝水並分食早上在熟食攤買的那些食物。天氣轉而雲陰了，不過並無欲雨的跡象。「遂(竟)吃恁(你們)个物子(東西)！啊續落(接下去)欲去佗(哪裡)？今也(現在)轉去(回去)猶傷(太)早。」「恁這有啥趣味个所在？」「沒(不然)，我取(帶)恁來沙崙彼爿耍！」「好呀！」相咀嘴[+]，竟生出這不在計畫中的旅程。

船掉首轉向河口另一邊，海水浴場當然不在他們眼中，他們的目標在再往東極少人去的地方，舟行過一大片木麻黃林，廢棄的碉堡，爬滿馬鞍

+ 相咀嘴：台語，「閒聊」的意思。「咀」是「說」、「講」。梨園千年古戲《陳三五娘》中便有「相咀嘴」。

藤的沙地，一道道小河口，定沙的刺竹排柵、黃槿、林投，抵達石滬之前，他們在一道砌在淺礁上的老舊短堤上看見一截殘敗的燈塔狀結構體，船家說：「彼是燈台[十一]，古早（以前）阮台灣合西仔番相戰時，留落（下）來个，黑黖黖。」話尾才落，四圍突然起風了，或者因為地形的關係，群樹颯颯中地底好像發出一陣又一陣竭喉嘶喊的音聲。「阮緊（快）來去！若落雨就穤（不美）。有人講彼是番仔鬼在哭，攏（全是）迷信！」即催動馬達往前。

那石滬乃壘石而成的一道道海邊石牆，配合潮汐原理，漲潮時水涌過牆，魚群隨水游入，潮退，海水由石罅濾出，魚陷其中任人撈取。很原始，但很聰明，不過沒有資財的人辦不了。石滬上長滿「烏哥吉仔」（藤壺），船家說那是魚最愛吃的食物，有人專從礁石上敲去撒入自己設的魚窟誘魚。卯生、卯賜兩個年輕人心生一種莫名的感動，一向自負的卯賜竟向船家吐出一句話：「啊我佮（和）你比，不若『烏格仔假赤鰭』（外行人充內行）？」船家笑：「恁（你們）猶閣（還）少年（年輕）！」

海口天氣陰晴不定，船慢慢往回程走，青空在他們頂頭[十二]戴了三、四層一

十一　燈塔古稱「燈台」。

十二　頂頭：台語，「上方」意。

大朵一大朵的白色綿雲，雷聲隆隆轉響，光閃不斷，金色、水藍色、橙色、紅色的電蛇在雲與雲間上下、左右、橫向、垂直四空游竄，三人皆仰鼻看這自然美景。突然，左前方，才初傾斜的夕光中出現一座白色燈台，整個海岸的折光現象，使那座燈台若浮在虛空裡，一名穿著水兵制服的信號兵登在燈台的石柱上，反反覆覆地用手臂發出信號，海畔寂寞蕭荒的野田也變成一片無窮無盡的密林，林中似有揚琴、手鼓和由紅土地底傳出的模糊吶喊般的吟唱，槍聲咻咻尖叫。三人都驚呆了，瞪著眼看這蜃景緩緩消褪在光的變改中。

船家畢竟年長，海側的閱歷也多，安慰兩人說：「若不是親目看到，誰人欲信？歹勢（不好意思）啦！稍等會兒來厝裡，我叫吾（我的）查某人（女人）煮豬腳麵線給恁（你們）過運[十三]！」卯賜、卯生同聲說：「沒載記（事）！沒載記（事）！」心卻鑿鑿實實地染了一抹沉重的奇異。

船至河海交會處棹左轉入河中，太陽又如火輪般在觀音臉上艷燃起來，舟行水上若在霞雲間行旅，由於地形的關係，河氣、海氣所生成的

十三　過運：去霉運。台語。

雲，不管若何變幻都如瓔珞聚飾在女神臉龐四周，有的像孔雀拖曳的長尾，有的像水中掉轉的金魚，有的似探展雙翼做著詭譎奇航的神鳥，有的如長龍曼衍。河面時有一大群一大群銀色的魚躍出水面，渡輪上、長岸上密周周的遊人喧嘩嘆讚，俗云：「鱸魚追，烏仔跳！」卯賜決定要在這一河金液、萬目睽視下作最後的垂釣。

卯生心不在釣魚，上餌拋竿後便望向人群熙攘。很奇妙的，以往都在岸上、渡輪上，如今卻像變成一個「他者」，別人都在看著他們嗎？想必不是！然而他們的行為確乎又異於常人。卯賜一意要好好展顯一下自己的本領，他把餘下的餌都取出，佈好陣勢，而後瀟灑地把一些蝦肉灑入河裡做誘，開始下竿。卯生心都被岸上遊人一千人一千種樣的行徑、姿態吸去。

奇的是，水底群魚好似透知二人心意，卯賜不斷中鉤、鼓線，忙得無閒叱咤[十四]，所獲除兩隻三指大的小鱸和過魚（石斑之一種）外，竟皆是無趣的臭都（象魚）和刺䲅（刺河魨），他生煩地把這些漚客[十五]捧排在船板上鼓腹、戟刺、瞪眼、喋聲，「攏（全）來在亂（搗蛋）！」岸上看熱鬧的終不能得知真

[十四] 無閒叱咤：台語，「不可開交」的意思。

[十五] 漚客：台語，「不受歡迎的客人」。

相，只見人得魚，蕩起聲聲奮興。卯生專意在河岸上鮮活、世味流動的畫卷，不想手中輪釣也驚動起來，他鈍手鈍腳的鼓線，卯賜比他還緊張，急拏起手網移近，只見一只銀帶銜住釣絲，如神人之鞭，光閃潑剌，往船上襲來，岸上群人也隨叫了起來。太美了！美得不像真！然後神手把日輪按入山後，一畫盡矣。

近四十年前那奇異的一日，今如游絲般飄閃在空中，卯生永遠記得卯賜和他第一次的對話：

「芋圓（卯生小時候的綽號）！你知影否？阮（我們）是共（同）一个公（祖父）生的，干若（只如此）沒共柱[十六]爾爾（而已）。阮公娶九个某（婦），是孔子廟的創廟人之一。恁爸是不是有一个親大兄在恁隔壁開鐵工廠？」

是的，那鐵工廠好幾回門口被人潑汽油，放火燒。卯生有一次問她媽這椿家族的事，平日馴善的人宛若改了性：「你不好（不准）佮（和）個兜（他們家）个（的）人做伙！個（他們）舉家口子攏（全）有肺病！」

十六　沒共柱：不是同一個祖母所生。

「沒共」：不共，不同。

「柱」：舊代一夫多妻，以持家的女人為柱。

卯生飛入紐約那隻怪鯨肚裡三個多月後，他的小學同學寫信告訴他卯賜死了。卯賜死後，遺下兩個小男孩，一個被火車撞死一個病死，和酒女、舞女同居多年的「緣投[十七]仔骨」（美男子）後來娶的拙陋妻子也自盡身亡。

——「蜉蝣翫三朝，采采脩羽翼。衣裳為誰施？俛仰自捨拭。」（阮籍《詠懷》）

十七　緣投：台語稱男子俊美，典或出潘安事。閩南諺語有：「緣頭仔骨，水晶屧脬。」

半日

海日由殘夜跳出，溫度把鋪長在黃沙上的紫花馬鞍藤一朵朵催放，菟絲雜馬鞍藤一寸寸爬著，不別[一]的人以為是同一種植物。潮落海平，一個刺戟著頭毛、髮頂已然染上霜色的男人，從灰硳硳的沓磚[二]房子裡鑽出來。他是由合成樹脂、硬化劑以及溶化的玻璃所混成的鑽人肺腑臭氣中逃出來的，他剛用噴槍把這些玩意噴到鑄模上面。

新鮮的空氣使他全身呈半昏迷狀態的六十兆個細胞慢慢得到紓解，他深知這個行業的職業病，所以一面喝著他隨身攜帶的那一大瓶草藥，一邊趁海畔的晨涼還未消褪做長長的散步，等日頭再高那沓磚房子中的惡氣便會成為地獄。

依例他朝遠方那片定沙兼防風的木麻黃林行去，沙如長幕般往前延

一　不別：台語，意為「不識」、「不能分辨」。
二　沓磚：疊磚。

伸，腳下那雙即將鞠躬盡瘁的套指涼鞋每一步都陷入沙地裡，由於污染，小時常見的各色美麗貝殼今已絕跡，觸目盡是無趣的文明垃圾。沙地陷人，不多久他便渾身出汗，汗一出，人開始活轉來，先前他看不見、聽不見、嗅不見的海全回到他身上，他把前行的步履挪向淺浪，淺浪每一進退都推動溼沙摩挲他腳掌上的皮膚。這空氣和光線令他想起讀高中時，暑假每日晨起吹小號那段黃金的日子。

在他還不懂得異性之前，小號是他的愛人。暑假的早晨，因為不須趕著穿越大半個台北市上學，每日天才打醭光[三]他便挾著他的寶貝小號，走約莫十來分鐘到正聲廣播電台外面那片空地恣意飛奏。他喜歡它明亮而直率的聲音，最低的一些音是透過非常放鬆的雙唇發出來的，最高的音則是透過收得非常緊的雙唇發出，一吹奏起，便同雙唇中長出的活物，有人給他看過一張畫片，上面是一個鳥形畸人長著一支小號形的嘴，他看了很有會心。當時他總要吹啊吹的，吹到像現在火神黑法斯托斯（Hephaestus）所造的日車開始灼燒密密包裹他的皮膚的空氣，才肯罷休。他對文學所知有限，興趣也不

[三] 打醭光：台語，天上像生出白醭般濛濛亮。

大，不過因為喜歡華格納（Wagner）的音樂，所以大學時代頗讀過一些希臘神話，希臘諸神中他最心儀的是火神以及工藝、冶煉之神的黑法斯托斯，諸神許多神器都是黑法斯托斯的傑作，一般人對這神的名字很陌生，他因為學生時代讀的是農工，又歡喜動手做東西，對這樣的神祇很生敬慕，每有人稱贊他做的帆船好，拙於言辭的他心裡總得意的竊竊地笑。

才笑著，木麻黃林下傳來一陣女聲：

「開秀！開秀！」

他立刻辨出那是他的女人。

說來不簡單，這女人跟了他四十年。女人待他一靠近，便雙手緊攬住他的左臂，把胸前兩只豐鴿緊頂住他。因為默契了幾十年，那豐鴿的顫抖提起他的情慾，兩隻人獸即在海角木麻黃林下針葉罩成的長蔭中絞成一團，女人腹如白雪、兩腿似蛤深納他的慾望，像海一般激烈波動起來，他則自恃為帆又自恃釣者，等女人化為魚。海上吹來的涼風拂在兩人裸露的肌膚上，又穿過沙沙響動的光葉，迴向青宇，女人美麗的乳頭在他腦中的阿納卡里普山崗點顫著，他忍不住去撚弄它，輕頿它，復把摩女人柔滑的腰腹，珍愛使原本貌寢的女人渙出艷光，如一中了深鉤乍離水面的鸚鯉，此時已不能分清是人扯魚還是魚拉人，便如此雙雙墜入至美的滋味。超現實主義理論家兼藝術家曼．雷（Man Ray）有一篇幅極小的文章，講到若有一台隱形攝影機，跟蹤拍攝一對常人夫婦廿四小時，結果一定是很嚇人的，可以說就在講他們這樣的夫婦。

他的女人幾十年來不改肉餅臉、掛麵頭和一副黑框眼鏡，可她的身體真美，還有，一心一意地愛他。開秀從學生時代開始就跟別人不一樣，他永遠埋著頭不知在想什麼，偶爾自顧笑一笑，也不說，身邊的人一整天難得聽他講幾句話，永遠躲在角落裡吃家裡帶來的便當。很難想像這樣一個人在全國頂尖的大學創辦了愛樂社團，而且把他個人當了許多個月家教攢錢買來的昂貴擴大器搬到學校裡供大家使用，社裡常播放著國外最新出版的原版黑膠唱片，這在當時物質猶然匱乏的年代，很不像個貧窮的小毛頭幹的事。

怎知他窮呢？在學校裡好像從未有人見他花錢！永遠一身灰撲撲的令人記不得的衣褲，以及那雙牛伯伯大皮鞋。牛伯伯大皮鞋就是軍鞋，反共漫畫《牛伯伯打游擊》中的主人翁就穿這樣的鞋子。開秀（“K”Shoes）的綽號就由這裡來，當時中山北路美軍顧問團附近有一面大粉牆，上刷市招“K”Shoes幾個大紅字。或許韞染自父親，他沒有什麼大志向，父親是「十萬青年十萬兵」時投軍的，打過長沙會戰、徐蚌會戰，終對黨國失望透頂，他則不管時勢如何激盪、如何點燃同輩人的熱烈，都以木石之心處之。他從不羨慕別人在校外的餐館吃飯，永遠喜歡自己的便當。

女人也是。當他的女人當年在學校裡以他的女朋友姿態出現時，他周圍較親近的男性友人幾乎全威脅著要和他絕交。「哪有這樣子的？太可怕了！前幾分鐘才搭著人家肩膀甜語蜜言，一轉背，人才走，便當著眾面罵人妖精。你如果跟這樣的人在一起，我們也不敢做你的朋友。」一位當初和他一起創社的友人不能忍地這般警告他。可是這些人多殘忍啊！他到哪裡去找第二個這麼無條件愛他的女人？

畢業後他自忖無法忍受私人公司上班的束縛，又無法忍受公家機構的平庸乏趣，正好島上興起為洋人造私人帆船的事業，他的女人是讀法商的，腦子一點就亮，他只負責做，餘它的女人一腳踢，就這樣過了三十幾年。三十幾年來，他們沒發跡也沒餓死，知足地住在人不覺其流動的沙所聚成的小村落裡。

沙地貧瘠，村人並不聚居，各人勞於生活，沒人有餘力也無興趣去理會他們出身怎樣的大學，過的怎麼樣的生活，男人本是鐵板一塊，很洽意於這樣的生活，女人歡喜兩舌，不過多施展於外，與沙村無涉。兩人在居所打造了一間外人難以想像的聆樂室，真空管擴大器、老式唱盤、價值直抵汽車的音箱、盤式錄音帶，所播都是珍貴名演。男人常播放卡拉揚指揮柏林愛樂演奏的《海布里群島》序曲〈芬加爾洞窟〉，那是他畢生嚮往的人間天堂，海水沖擊奇異而巨大的黑色玄武岩六角石柱英雄洞窟，他常想像自己所造的玻璃纖維帆船出入這天授的奇境，夫婦倆就在碧綠海面中赫然開張的巨窟中造愛，群鷗飛舞，海風迴盪，兩人廝耳說盡一切不可為也不足為外人道的心語，再沒有人有資格用道德去判斷他們。

又深駐其心的是史特拉汶司基（Stravinsky）的芭蕾音樂〈士兵的故事〉，開秀從學生時代開始便莫名地受這珍奇的作品吸引，樂曲一開手由小號和長號所奏出的士兵主題 予他一種難言的心肺痛澈，「一個士兵在單調的荒山和堤防間不斷走著……日復一日，他不停地走……」尖銳、沉重的弦樂、管樂和打擊樂，處理韻律和組織結構截然不同的各種音樂形式，他有時好似恍恍惚惚覺到自己夫婦就是那音樂的具現，那魔鬼不是這般唱嗎：「你們雖然幸運，但王國並不廣大。凡越過國境的人，都會被我逮住。」

卡爾・沃夫（Carl Orff）的〈月亮〉也深深鉤引他們。如果可能，他們也想盜月，等老了後以月作為殉葬，雖然他們聽了童音所唱的最後一曲〈啊！月亮出來了！〉亦不能免於一股心受神暉所照的湧動。每個人心中都藏某種難言的秘密，音樂的妙處便在當它觸及你時，你的寶螺便由深水浮至海面。

他們不想要有孩子，所以很年輕時就結紮了，風與沙就是他們的孩子，不受這個世間羈束。學生時代的舊識到這沙村來看他們的只有三人，有一對是夫婦，先生極厭人，以意識形態激烈在新政府當了大官，不久旋因讒言舞弊下台判刑十二年；另一個是暴突雙眼，專喜為人相命，早曾素行不良的「神仙」，神仙年紀大了沉篤收斂許多，見他夫婦如此生活，竟說出「雖王侯不能得此幸福」的話來。

先由小死回轉的是男人，他渾身手腳身背皆沾滿黃沙，精神卻淋瀝痛快，一身汗水把昨夜吸入的化學惡氣排卻十之七、八，乘女人睡去他坐起來看了一陣子海，藍海靜到好像與世隔絕，他隨手拿起裝草藥的水瓶狠狠灌了幾大口，然後慢慢吃起女人為他帶來的便當，海上羊群般的雲族隨他的咀嚼緩緩滋長。

飽足後，他細細擦淨筷子，合好便當，又躺回女人雪白的軀身旁，惡作劇地用他的戟髮去刺女人的奶子，女人並不開眼，吟：「好舒服哦！」其實女人並不真喜愛音樂，幾十年來他都明了。

海上有不熟習於海的人無法分辨的洋流流著。
然而每一座海也都是浮漚。

病與觀音

錢鼠兒子摩挲遍他寶罐中的外國錢幣後，又復興興營營地爬上高梯，用他四界蒐集來的各色繩、線，造作起他的蛛網世界，忙得不亦樂乎。不想，一忽爾兩隻如點漆般的眼睛又由爸爸正在看的《白香山詩集》書背裡冒出來，然後探出手把掌中一只朱紅的寶瓶狀小布囊，放在爸爸正在讀的詩句上：

「爸爸，這是什麼東西？」

喝！這幾十年不見的舊物竟被小子挖了出來。老頭捻起小囊把裡頭盛的念珠，用左食指勾拈出，攤在掌上，一串二十一顆菩提子貫以金繌紅線的佛物在滿佈紅網絲的掌中放出沉靜的光芒。

「手珠。菩提子串成的手珠，念佛用的。」

錢鼠對這答案很滿意，回首又玩去了，倒是老頭墜入龍眼菩提褐色細斑所形成的巨大空間。

時間之樹泫露。

彼時我因震駭自己淪為島人無情貪婪血汗工廠的劊子手，處於一種身心俱廢狀態，不僅胸口咳出的每一口痰都住一針孔般的血點，連心也像扎滿長針。原來，島人所謂的經濟富裕，是用犧牲無數人的健康、性命換來的，可鄙的、饕餮的資本家獻在佛前的供物可以榨出人血來，年齒正壯的我在養病中成了一個空心人。人的才華若奉獻在這樣的慘事裡，縱是顯達多金，生命也沒有什麼意義。不過島上大多數的富人或不富的人是不這麼想的，你看那故宮旁的大鯉魚池，不就是魚疊躍著魚，人踐踏著人相互爭食麼？文化如此，只能說是「共業」，能夠「榮華傍眼看」的人就算是了不得的；於時命唯有委順，命壓頭時，唯委一順，抽身而退，它便莫奈你何，當然這是「退步主義」。

由於更早先的、本不足提的世塵虛名，我那帶病的退步主義之身，很受一些知己的或不怎麼知己的朋友眷顧，他們常生一種不知何由而來的怪異想法，總覺得應為我找一個有錢的老婆，好供養我無憂不慮地任心從事藝術。我心雖不以為然，因病廢無事，百無聊賴，人拖搡我去，我也就去，不知相了多少回，因為心無所圖，常如閒逛世界花園。其中有幾位我幾十年後還淺淺記得，雖然只見一兩次面，倒是這位交往最多，應說有一種宿緣，雖也是一忽兒出現，不多時又去。奇的是她並未在我用了四十幾年的通訊本子中留下任何記錄，我當然還記得她的名字。

第一次見面是從一種荒誕無稽中孵出的。有一回幾個朋友在東區一家極有名卻也極昂貴的素食餐廳吃飯，局中有人鬧著要為我介紹一位小富婆，眾人也皆隨著起哄，於是飯後群人便攔了兩輛計程車往圓環去。圓環東北方一塊老街區裡藏了一家不大不小的百貨公司，計程車停在門口，媒人拽持著我往裡頭一個化粧品櫃台走去，眾人跟在後頭笑看。櫃台後一名額蓄留海、後紮輕靈小髻的麗粧女子，見這仗陣出現，立時笑眯了眼，回首輕語交待她櫃台的同事，迎了出來。介紹人顯然和女子很熟，說：「我把人帶到了！」竟率眾人全皆去了。

女子倒很大方，閃著亮眸說：「你陪我去吃東西！」她著一襲月白紡花紗衫，腳踏一雙竹青色小鞋，身上散放一股勝上清雅的香氣。我一向拙於和陌生女子攀談，她卻行雲般招呼著我穿過兩旁正逐漸擺攤、開市的街道、巷弄。行近寧夏路靠民生西路口一家賣豆簽的露店，她很自然地靠近那年輕店主低低的說了什麼，又到隔鄰的花枝羮攤子輕聲囑咐了一句，你可以從他們交換的眼神，看出她跟這些店家很熟。一會兒，食物上桌了，擺在她前面的是一碗蕩漫綠豆香氣的羮湯，另一碗竟擱在我眼前，端來的年輕婦人對她會心一笑，她並不生羞意只對我說：「很好吃的！」那花枝燙得生脆，果真美絕。未動湯匙前她便悄然付了帳，而後靜靜吃了起來。

我遙遙望向靜修女中那片建築，心裡想著我所認得的老攝影家、忘年交友人，曾在此處拍過美軍轟炸後的天主聖堂，心光不禁恍然。她見我眼神，以為我不熟於地界，自告奮勇帶我四處走走。

離了露店，沿寧夏路往北靠涼州街一頭左手邊以前有許多木材行，我七、八歲時一位疼我若親子的年輕女老師曾帶我在她大伯父的木材行裡住了好幾個星期。當她聽我這樣說時，很覺意外，她只是因為工作落腳在這一帶，實則是外地人，不過日子久了，便以此地為家。循著閒談的步履左轉涼州街，不遠處即是大稻埕廟宇之冠的「媽祖宮」。長大懂事後，若有人問：「你們老台北人覺得哪裡好玩？」我們例必跳過「媽祖宮」，為什麼呢？因為怕浮薄的媒體報導毀了它，觀光客像蝗蟲。她笑了，本來她像我的姊姊，現在倒像我的妹妹！廟口彼攤包子出籠時，膨腮腮，若唐美人。寒天時毛蟹配黃酒，天下第一，出日時一腳踏椅條，爽勢若仙。午後，大榕下小食攤，常見保安街的女人招呼交親吃飯喝酒，跑堂的男男女女全是啞巴，每逢年節廟埕搬戲那鬧熱更不消說，大殿裡鮮花泉湧、眾香襲人。出於一種禮貌，也因受她世故中所含的天真所感動，我這般為她解說。顯然她受的教育不高，但人還有比才情、學問更珍貴的東西！她燦爛地笑了。

穿過綠蔭四圍的夜埕，入了大殿，她逕赴香燭處取了金燭，自己一人在佛前嫋嫋拜了下去，口裡專意唸了許多，我所識得的同齡女性泰半都受新式的西方教育，如這般以傳統方式禮佛的，我還第一次見到。因為是吃晚飯的時間，佛殿一片靜謐，兩只在蠟炬下閃動雲母光芒的棗紅長瓶，滿溢出一大把又一大把白色垂火般的香水百合，殿裡除幾位當值的佛子外，只有我跟她。禮拜完畢她對我嫣然一笑，說：「我們回去吧！」

我亦不問她住在哪裡，只由她引著走在我幼時常行的市街上，那些已退時行的老舖面在她翠眉綠鬢傅粉施朱的映照下好像從舊代中活了過來，我原對化粧的女子不生什麼好感，她是第一個例外。大概因為心裡高興，她講了許多第一次見面不該講的話。譬如：她常到香港買化粧品；雖然在百貨公司櫃台上班私下裡卻賣自己的貨；攢了不少錢；以後若找不到好的人家嫁，準備帶著這筆錢出家云云。我在明耀的老式街店照明下注意到她頸上有三道佛紋。她說她四、五歲時在桃園家門口滴淚，見過赤足的白衣觀音，觀音示她一只寶盒，中有一沙門[一]小蟲，待她講與家人，觀音已然不見。我年輕時代旅行常宿廟寺，對這樣的言談並不以為妄。

一　沙門：梵語，指「出家修道者」。

乃行乃說，穿街走巷，到了遠東戲院附近離她工作的百貨公司不到十分鐘步程，她指著一棟四層樓高的房子，說她就賃居在樓頂加蓋的佛堂後方，左近都是黑瓦矮屋和兩層的老式貼磁磚公寓，獨獨那一棟如長腳鶴立在夜空，你可以遠遠望見佛堂點了兩盞紅燈。

「過兩天我休假，想去看你的畫室，我聽說你畫畫。以前我也愛畫畫，所以後來學化粧。」如此生出了第二次會面。

早年我的畫室在南勢角和新店交界處一個叫「暗坑仔」的僻隅，所以相約在碧潭吊橋崖壁上那茶亭碰面。亭在崖樹的長蔭裡，視野開闊，水面生涼，非假日時寥無遊人，是潭左近無得比並的所在。

我一早即坐在亭上望向吊橋，鎮人日常生生，往來橋面，很好看的。不久，茸茸麗日中她也出現了，藕合花紗洋裝，紫藤色金蹙細帶，銀頭縹碧小鞋，白晝裡比前些日在人工光線下更顯出她靚妝的功力，直是「一朵紅酥旋欲融」。雖然年紀比我稍大幾個月，猶有一種小兒女嬌態。歇坐在藤椅上，她笑盈盈啜起茶來：

「這地方好清幽。」

「伏熱中我們常在這裡消煩暑。夏夜裡不能成眠，有時雇船在潭上喝酒，暝夜四合，好像回到古代。現代人舉日通天忙著逐錢，很悲慘，我在工廠裡見那幾千人，許多死了都不知自己怎麼死的。」

她許是聽介紹人說了不少我的事，並不多問我那蟲蝕般的闇晦經驗。崖上微風把她身上勝妙的香氣度了過來，我心中的垢染竟清淨不少。

添了幾次水，茶色澹了，兩人行到公路局車站攔了一輛計程車，往新店溪蕭荒的另一岸奔去。畫室在一叢寂寞的公寓裡，上得二樓入門即是一片長方形大空間，用來工作用的，中只一套矮式酸枝藤背桌椅，足容歇息。後頭有兩個房間：一置小桌、小床，角上供一亂林中偶然發見取回供養的原木觀音，那觀音側身而立手中不知捧著何物，渾然天成身姿嫻雅；另一個房間全是書和畫冊，只一壁釘著一幅以眼鏡蛇為髻飾，手執紅色大海螺的印度青面冥王蠟染。雖處荒郊，空間不小，夠普通人家一戶小家庭用的。

我的畫泰半都是由深幽的思慮中長出來的，不涉外境、不由感性，一黑一白、左右牽動、執手相觸，因為性格孤傲，多年來已習慣別人對它們沒有什麼反應。她撲動雙睫在我的住處遶行一過，竟像個小孩歪著頭說：

「你不怕鬼對不對？」

「我常在墓叢中散步，因為自覺不曾做過什麼虧心事，所以對有沒有鬼並不在意。我每日晨跑必經一日據時代刑場，有一次去我畫畫的老師家，因事回得太晚，半夜兩、三點經過，覺得後方屋角處有異物窺伺，我手捏老師教我的拳印口頌佛號，心眼中見自己的身體放射光芒，那些東西都逃逸去。」

「牆上的蠟染好漂亮！」

「是我一位常去印度的澳洲朋友送的，晚上我在大書桌上讀書、寫字時，祂就在我的後方守護我。有心怯的人，進了房間，不防會見到那樣的東西，感到害怕。」

「你供的觀音很特別。」

「學生時代，住五峰山下，和一位朋友在一片被斫去的殘林中發見的，當時祂像溴出青光，等著我去取祂。已經是十多年前的事了。」

她注意到我案頭上養的一盆含羞草。

「含羞草不用照顧。寫東西累了，就舉一杯小酒行行血，間逗它玩。」

像貓一樣好奇，我心裡想。一隻有香氣的貓。

我住的附近無飯可吃，兩人也並不在心，就那麼聊著。她對藝術像一間虛室，好似不管什麼好的、壞的、真的、假的都可以容下，實說當時我的世界裡從未出現過這樣的人。直到夕日始斜，兩人喝的茶開始提醒：「中飯還未吃呢！」

十二張新店溪畔堤防上有一小食攤，離我母親、兄姊住處極近，就在樹蔭下，涼風宛宛，視野清曠，只一張樸素的木桌四只條凳。我每回去看他們，常獨自一人坐在那兒飲酒，望向令人聯想冥河落日的西方，彼時一群初至都會討生活的阿美族人剛到河岸搭寮而居，夏旰冬枯時他們在河床的水漥裡捉魚，嘩笑盈河，感人心肺。

我和她兩人就坐在堤上，一人一碗素麵，就一碗花生皮蛋豆腐，一碟豆干海帶，一盤燙空心菜，喝起啤酒來。遠處芭蕉襯著夕色，她說她想看看我那禪修的畫畫老師，於是便約定中秋前她休假時去。

小院寂寂，短垣門口紅欄木上懸一菱形小鋁片，上以朱漆寫「小心路滑」四字，幾株枝燈般的青蓮色野雞髻花自來生在青苔小埕的裂罅裡。還在高臥呢！大抵工作了一夜，午後猶未醒來。因為是熟人，所以自揭了欄木入院繞屋喚了一圈，終聞有人應了一聲。

開得門來，一片香氣撲面，兩缸劍戟般的野薑花脇侍般立在廳的兩角，正中是以兩隻大甕倒蓋做為共鳴之用的天成木琴桌，舊壁上掛的是主人年輕時代以細竹枝自裝自裱的《踈林牧牛圖》，畫上率筆寫著：「老來可喜什麼？是歷徧人間，諳知物外，看透虛空，將恨海愁山一時挼碎……。」沒有筆法的筆法。兩旁各兩只舊肥皂箱，上鋪縈草而成的破散蒲團，待客用的。

「先來給老師賀節。這是如君，與我同姓。」她把我們刻意去台大正門對向街角廣東涼茶舖買的四色月餅放在古琴旁。老人是位饕客，身貧心不貧，善烹飪，簡單的食材就能做成美味，年輕時偶然飄墜此島，常念家鄉滋味。因情同家人，便一起到簡陋的廚房燒水，準備泡茶，邊敘家常。一身杏花垂霧縠腳踏山榴花色鞋的如君，一反始先的寡言，在回到客廳後話開始多了起來。

她把纖纖玉指往客廳東向一個房間一點，說：「老師，你的佛像供在這個房間對不對？祂坐這邊向那邊……。」且說且比劃著，描述房中的陳設，我聽著聽著獃住了，那是老師歇息的所在，連我們這些親人般的學生都很少進去。她愈說愈從心，好似有一股力量控制了她，她究竟說了些什麼，我不管事後怎麼努力回想都記不起來，只記得她自己後來再說不出話來，香汗霢霂快步走到院子裡。

她立在院中時，老師輕聲囑咐我說他當時結了一個手印。過了好一會兒，她才恢復過來回到廳裡，我們都當不曾有這事發生，一起剝柚子、嚐新藕並帶來的月餅、燒臘，還有老師本來煲就的白粥，且隨節慶喝了幾杯大麯，看她應對，很有酒量的。

離得小院，月已高掛，清光灑落附近的田野、人家，穿過一片貓頭鷹鳴晴好似生在銀塵中的竹林，我們立在渡口等船家來載我們，水聲嘩嘩，我找話陪她說：

「有一年，是許多年前的事了。我們幾個年輕學生，男男女女，像老師的小孩一樣，中秋節陪老師烤月餅、紮風箏，一夜未眠，隔天早上在這片草地上放。」

她笑了，笑中失去常有的天真。過了河，便是繁華。

那是我們最後一次談話。事後我一直不能再去看她，因為我做了一個夢：

在士林往北投的公路局車裡，道路正在拓寬，剛挖開的路面還都是卵石。不知為什麼，或者不為什麼，我站著手握吊環，她坐著，車內沒有多少乘客，秋日的晴光斜入窗裡……我如常日穿著窄領長袖白襯衫，隨意捲著袖子，下身是褪色的牛仔褲、白襪黑鞋，她穿一身紫藤色連衣裙，下著天青繫帶小鞋。

踏遍老北投公園，看過翠嶺路口籃球場旁高高秋天中那幾株大蘋婆，往護國禪寺行去，那護國禪寺一片苔意，把小陽春的暑意全皆消去。我用散步恢復病體，她陪著我。

中午在「揚州飯店」吃他們拿手的清炒蝦仁、揚州炒飯，並蛤蜊冬瓜湯和啤酒。因累了，飯後便搭計程車回她的居處。

她的小室令人印象深刻的簡單，只有一片四、五張榻榻米大的板床通舖，一座簡單的粧台和一只木櫃，沐盥得到下方的樓層。小室前方是民間雅淡的老式佛堂，供的水月觀音，早晚膜拜。用涼水擦過頭面後，我歇臥在榻榻米上頭，然後她應許也乏了，靜靜地躺在我身邊稍遠處。

高樓細風鼓動香蛇，我一時心迷翻身去抱她，她窘然色變起身坐在床沿。她沒有胸部！或者說是舊代縛乳的習俗……

我登時從夢中驀破。夢宛然如真，其實是真。

許久許久後，我在一次朋友的聚會裡，聽介紹人有意無意地說，她辭掉了工作，也搬離了原來住的地方。三十年後我在一部佛教百科全書中讀到「夜摩天的天眾，以相抱而成淫事」，竟即時想到那個夢。

有一件事，不知為什麼我一直沒有跟她說起？就在認識她不久前的一個颱風夜裡，我那身懷鉅金隨廣欽老和尚出家幾十年的外祖母，因把一位年輕比丘尼當佣人使喚遭受頂撞，羞愧難當，風雨中在土城承天寺後的亂林裡狂奔而歿。有二口的人說她白白出家了大半輩子，我倒以為人若不生真正的懺悔心，不能得悟。無別，一切無別。

老來，可喜何事？該忘的都脫落了，猶記的，只要己不昏瞶，便生出一幅星圖來。

第一間房子

一個人老侵以後，復被拆去半片殘軀，兀立成都市之瘤的一點，左方隔一條一米的舊路，家庭工廠鎮日發出扎耳鑽心的噪音，半流氓半黑道的房地產投機客把貪眼緊緊盯住每一戶人家。平素說話了無詩意的朋友，描述轉口又轉口的故居景象予他聽時，他竟爾把那房子想成一個人。

他是在那間房子裡出生的，六歲以前住在那兒，直到六歲才為了他至今猶不明了的原因，搬到父系所居的大浪泵去。他一生最早的記憶便生發在那瓦頂下：屋子很黑、很黑，近午時天窗有一道光柱投下，柱裡總有游塵烟動，是莊子所說的野馬；他還很小、很小，好像小到自己不能翻轉軀身，一個小小人就那麼和天窗、游塵、光柱對看。他長大、讀書解事後，常無端地把這生命中的第一場記憶，和俄國畫家夏卡爾自傳中的第一段話聯結在一塊。夏卡爾說自己一出生就是死的，死在一顆氣泡裡，有人用針刺破氣泡，把他救活過來。

房子以前很氣派的，雖然不若左近最大的陳厝祖祠那麼威嚴，天井正中有一支泵浦[一]，每日天未亮便沸涌男人工作的音聲，朦朦朧朧，不知吆喝什麼。幾十年後母親病重，他隨侍身側，一回忽爾憶起，才知舅家是蚵的大盤商人，早期械鬥時可以拉出四百根扁擔。

天井外有一道小人不能一躍而過的大水溝，底裡都是烏黮黮的爛溝糜，溝邊有一棵大雀榕，夏月鎮常[二]有鳥雀來覓食，把它穿織成一株生氣勃發的錦樹。每年總有那麼兩、三回，近鄰的大人會發動小人們把溝的頭尾堵住，而後用瓢子、舊鋁盆把溝水挹乾，這時銀鯽、蝦蟹、鰗鰡、土虱、黃鱔都開始現形，閃亮著金色、銀色的肚子，掙扎著往烏水、泥洞裡鑽，這些老天爺借新店溪的溪水賜予他們的珍物，每為他們帶來一場小小的節慶，賣芋冰、賣蚵仔麵線、賣碗粿的販車、販籃都來了，冬日時，賣烤番薯的缸爐和

一　泵浦：台語，手搖式抽水機。當源自日本外來語。

二　鎮常：「鎮」即「常」，疊詞。中古漢語，台語猶存。

砰米香[三]的鐵爐、鐵網也坐著兩輪載物車來了，才歷經二戰的大人們比不解世間苦樂的孩子更加努力地享受這平人的歡樂。

而就在距此不遠處，陳厝後方的窄巷裡有一排低矮的房子終年呼嘯著爐火的聲音，那是早經眾人遺忘幾十年，只存活於少數怪人記憶角落的「烊阿鋁密工廠」和「歕玻璃工廠」。當時不少吹玻璃工人死於肺炎，包括童工；鋁的熔點高達攝氏六百六十度，烊鋁工人的職業病亦可以想像，有人就在那裡幾十年，把別人十輩子、廿輩子的汗水流光，下工後撿一些五仁[四]的笑詼[五]來講，逗樂自己也逗四邊的人樂，然後有一天一睡不醒。

窄巷和大溝垂直交叉處有一方小空地，地面上用成人手腕粗的竹子搭了一座葡萄架，春日裡葡萄藤涓出的嫩綠，以及夏盛熟果中碧酸夾揉的一包青甜，幾十年都用一只水晶碗盛放在記憶裡。

厝以西、以南都是茂密的竹林，綠竹筍、麻竹筍、番薯在那個年代比米飯多，日常生活中竹器、柳器、藤器亦觸目多見。他印象最深的是：曾見

三　砰米香：做爆米花。台語。

四　五仁：台語，「不正經，什麼都有。」的意思。

五　笑詼：詼諧調笑。台語。

一群壯漢拖來一隻赭牛（台語稱黃牛曰赭牛），用布幪住牠的眼睛，然後把牛掀倒在地上，復用成人拇指般粗的麻繩將牛的四腳兩兩綁實，終至鋪鐵砧、舉大槌把牛的卵脬擊碎。整個過程頭尾，牛的哀嚎左衝右突試圖穿出那片如浪的綠，待那酷刑結束，淒厲轉弱，小人的他扶住自己下部，好似覺得那就是他自己。

穿過那一大片竹林，有一條土路，先是向上，然後轉向一大片草坡，那是他們慣常放風槎[六]的地方。那時的小人們常拏一張小紙片，上頭鑽一個洞，串在風槎線上，令它乘風飛空共青雲、金陽密語，遠處有火車低低行過。鐵道的另一邊，他們這些小人也曾經結隊去過，不覺富趣。

另一個深深吸引他的所在，是位在正反方向的後火車頭（台語「火車站」稱「火車頭」）的木材廠。不！應當說不是木材廠，而是木材廠堆置巨木那塊大空地。那些巨木的直徑多高過他們這些小人，纍沓起來直是一座小山，他們便在其間盤山過嶺、相匿相找，鐵罐有時候被踢到四、五個成人高的空地邊紅磚牆上，然後彈落至巨木堆裡，做鬼的急得野火燒頭。

六　風槎：閩南、山東，風箏皆稱「風槎」。

最新人目的是「食麵粉教」信耶穌的卓鼻子[七]傳教士吹起小號，懸起下方寫著毛筆字的大幅水彩掛圖，立在大杉木上講道理，說什麼小人們全不能懂也不能記，只一心要分得那灑著金粉、銀粉的卡片。旁聽的女人們則獲得奶粉、麵粉袋，麵粉袋可以用來做內衣、內褲。木材廠他從未進去過，只隔著柴柿子（廢材）釘成的疏欄聽得鑽耳的鋸木聲，聞得畢生不能忘的濃郁木香，彼時松梧（檜木）、杉木還很普遍。

生活中的物質享受，都要循一條彎彎斡斡的小路，行到大觀戲院旁的外公家。外公名叫「趙凸定」，這「凸定」二字太妙，連不懂事的小孩都嗒舌[八]。外公是絕版的老派人，臨死前幾天腰上還紮著「錢貫」，他見外公解下來過，裡頭盡是龍銀和墨西哥鷹洋，逐日就那麼沉沉地紮在腰上吃、紮在腰上睡，活了九十三歲。外公、舅舅死時他還不解世事，舅媽出殯那日，萬頭攢動，一域為塞，足有兩人高的紙糊仙人、白鶴皆不知從哪裡來的，地方上黑白兩道都跪在那兒，不過幾個小時後便如幻術般消溶去。他生命所駐的第一間

七　卓鼻子：高鼻子。台語用以稱「洋人」。

八　嗒舌：台語，「嘖嘖稱奇」。

房子便屬「趙凸定」名下，外公死後把這間借黃厝的地蓋的建物一刀中分為二，一半屬舅媽，一半歸他母親名下，猶是同一片紅色老瓦覆蓋的屋頂，只在正中砌了一道兩人高的磚牆象徵性隔開，人語、動靜相聞。

外公家吃喝都是好物事，住的是佔地六、七十坪四層樓的磨石地大房子，不過日逐生活只是工作、攢錢，一屋的空空蕩蕩，所以他每到外公家除了吃喝，便往龍山寺、祖師廟、青山王宮走，金子店、佛具店、青草鋪、錦繡莊、棺材鋪、藥店、醫館、產婆、看日相命的、木器……生、老、病、死之具，全在同一條街上，老大後味想其間滋味，很覺奇妙。當時最遠行至三水街、內江街，三叔公、三嬸婆住那兒，與大人同行時，常轉去小人們口中的「米糕糜」(「美都麗」)吃「爛奇」(日本的外來語，日式快餐的意思，源自英文lunch)。錢，當時在外公家，是每日自己會生腳行入來的，於今舅家眾表兄弟姊妹皆証印了無常之理。

他努力深潛入記地[九]裡，看能不能找到一個渦洞，回到他生命原初那間

九　記地：台語。記憶所居、所生。

房子，然而除了那瓦頂天窗漏下來的光柱、烟塵外，仍然只是一片無，矮窗和門是必然有的，屎礐[十]也是，或有一只吃飯的圓桌、幾具條凳，一側隔間裡打了一個通鋪，地面是踐滿一層厚厚烏泥的磚地，屋樑上懸一只十燭光的電球[十一]，用劈細的柴枝、木炭在紅泥瓦爐中做飯，哦！他還記得那藍色的燃烟和在柴、炭間吞吐的火舌。屋裡沒什麼有趣的事物，有趣的事物都在外頭生發形成。他的兒子、女兒猶在童齡時，他曾帶他們回這房子附近散步，孩子們鐵口直斷說那裡玩躲貓貓最棒了，如今那陣圖已被怪手掃平，比他大幾歲的哥哥、姊姊，他一直沒有機會和他們談起這間房子，一個化去[十二]了，兩個久駐他鄉幾十年成了異國的人，這世上大概只有他還時或想念這間房子的初貌，因為沒有任何圖像留存，所以他必須用文字把它細細刻劃出來。

那是他的生命的源頭，四姊弟裡也只有他一個人在那間房子裡出世，幾十年來他都覺得那房子曾在他耳孔裡說了些什麼，人只要有了這種想法，便會覺得和那房子永繫不離。房子周遭演動的一切其實也是房子，好比一棵樹、一株草，你無法像電腦繪圖一樣把它從它所生存的空氣、水、土

十　屎礐：台語，糞坑。

十一　電球：電燈泡台語稱「電球」。

十二　化去：台語「死去」稱「化去」，雅言。

地、陽光中割離開來，這是他步入初老後很深的體悟。一位老中醫說：「自從家電用品進入人的生活，人類就進入一場不同的浩劫。」科學、文明帶給人的巨大災難，許多人還渾無所覺。渴望是毒，無知是毒，渴望使人貪，無知使人價值觀窄化、單向前進、唯以數字為歸依，人自己引毒灌入自己的生命之流。生命之源慘嚎，人無聽無聞或無能為力。啊！突然他想起遺忘幾十年的事：

當時他們每在外頭「野馬」回來，頭一樁做的是跑到天井正中用力搖泵浦的木柄手把，掬水來喝，而後洗去身上、手腳的污泥塵土，那水的清涼甘美把他們這些小人佛內外洗遍。

是的，這才稱得是生命的第一間房子。

海底碧珊瑚

一

每個教室都[一]坱埃埲埲，整個學校陷入無政府狀態，到處都灑過水，可都抵擋不住小人們手中芒帚和[二]掃箒的揮揚，坐椅全顛倒常形背負在課桌上，負責擦氣窗的男生不能忍的弄起長竿來，藤條在板擦上[三]跳踉起來烟起無數粉灰，口罩成了裝飾品。

「小芋圓」一邊用手帕捂住鼻嘴，一邊用他的新抹布仔細拭他分配到的兩扇窗玻璃，窗玻璃外是大片的米黃色洋灰牆面，直落下去足有三米多高，因生就懼高，他小心翼翼地探出身手去擦玻璃的另一面，不過玻璃正下方恰長了偌大校園中他最喜歡的那棵植物，他忍不住滿心下望，卻又立刻警

一　台語「塵土飛颺」說「埲埲坱」。

二　掃箒：台語，「竹掃把」。中古漢語。

三　踉：台語，也是「跳」的意思。「跳踉」出《莊子・秋水》。台灣人說「踉懸踉低」。

覺心湧怵懼，「還是等一下下去看吧！」他的心對自己說。

每日早晚清潔掃除，只要做完分內的工作，他必要去看它。學校大門入口川堂邊還有一欉高大的孔雀椰子，也是校園中牽繫他幼小心靈的植物，然而二者比並，總覺一種爭差[四]，說不上來。「小芋圓」懷著三分急迫五分慎懼，把窗玻璃中其實他搆不太著的部分勉力擦完，而後把抹布鉤在課桌旁側面的鐵釘上，一噗嗞便往教室門外跑，差點撞上手裡捧著一沓[五]青皮作業本子，前天放學整隊前才和他打過架的漂亮女生陳竝，陳竝把頭一甩揚起兩支辮子高舉鼻子閃開。兩個人是對頭，因為總是一個當班長一個當副班長，「課間舞」時男生兩排女生兩排，男生和男生跳，女生和女生跳，可不幸的是班長要和副班長跳，反之亦然，而陳竝足足比他高十幾公分，好慘。前天打架時，他打不過陳竝，逼急了竟用他沙彌般的青皮光頭去頂她的腹肚，兩人跌滾在講台上，這下仇結更深了，今天當然更不能給他好顏色。他口頌：「稀奇巴啦，猴子搬家。」復往前奔，到了樓梯口，一拐彎，貼著扶杆往下竄。這時打掃已近尾聲，與他擦肩而過的盡是兩兩抬著竹簍倒垃圾的人，以

四　爭差：台語，「爭」即「差」也。同義疊詞。中古漢語常見。

五　一沓：一疊。台語。

及扛著、舞著外掃工具的皮蛋，奇怪竟沒有一個女生。

前不久還若撒胡椒般的土粉都靜定下來，「小芋圓」來到他的寶樹前。這寶樹約莫有他兩個身長那麼高，除木質化的主幹外，通體碧綠，姿形如戟上生戟，又若鹿角上長了鹿角；葉片狹細，經常掉落，像極大水蚼蟻[六]的翅膀，也是碧玉晶瑩；從不見有花，可春天時旁有一株大苦楝樹，把花落在它身上，或沾在牽附其枝的蛛網上，花若紫心小星，所以小人就把這花權做是他的寶樹的花了。

七星山箭竹林中的淨瑩冰綃，地獄谷的氛氳怪譎，圓山鐵橋下馳流的布袋蓮海，盛夏長草中展翼鑽天的血翅蚱蜢，都曾敲響他幼小的心魂，可這樹卻招他以一種奇異的引力。他從未與別人談起這棵樹，即是與他最交好，兩人一起幻想如何練成「點穴」功夫，好把欺負他們的人打到吐血的「豆腐个」也不曾說。為什麼會這樣呢？因為年紀太小，所以這個問題根本不曾存在。小人的世界，除了被押著讀書外，就是玩嘛！尋縫子玩。「玩」才是小人的事業，可惟獨這寶樹好像和「玩」的事業無關。

六　大水蚼蟻：台語，交配期間長出翅膀的白蟻，常在風雨夜中交配，遺落一地殘翅。

他舉首對樹，碧樹也靜靜下望著他，人樹間似有什麼脈脈流動、交換著，外面的世界全被忘卻，這是他一天裡最感滿足的時刻，要到降旗集合的廣播響了，他才離開。

二

因為讀女師專的大姊要去參加春季旅行，全家起了個大早，半天鱗雲布在青穹裡，黑瓦、瓜棚也顯得特別潤澤，最叫「小芋圓」開心的是他也沾光得了一盒「森永牛奶糖」。

吃完飯，掟了布帽，揹了書包，他也隨著大姊提前上學去了。入了校門，闃無一人，所以他便去會他的樹。喝！竟見一隻極小極小的鳥於金光中歇在他的樹頂！鳥兒黑頭赤喙紅色的腳，後頭至背簡直和他的寶樹溶成一氣，喉、胸、腹、尾羽做紛紜絢麗的不同青色。鳥兒見他行近，一俯首展翅便沒入樹幹中不見了。「小芋圓」的心迷離了，的的看見牠的兩翼亮出兩朵白斑的，怎麼就烟消了？

一整個早上，這幅景象在小人的胸湖裡升升落落。中午吃完便當，他忍不住去辦公室找最疼他的江靜子老師，這位同他母親般的年輕老師說：「世界上最小的鳥就是蜂鳥了，可我們這島上沒有蜂鳥，而且跟你描述的也不相稱。」慈祥的老師要他帶她去看那棵樹，樹身上下都不見有洞。老師摸了摸他的頭。

三

日月易得，「小芋圓」始終念著那天見到的奇事，一個星期六晚上遂做了一個夢。夢一好相金人現在面前，一出手即摘下他的頭，用手把他的頭殼像擘柑子一樣擘開，又裝回，隨[八]邁步遠去。「小芋圓」醒來，心生幾分怔疑又

[八] 隨：立刻。

像懂了什麼。

隔日，他起了一個大早，乘太陽未升，月牙猶遊於霽天，穿過屋前土埕[九]，轉大道公廟邊的小路，經廟前水池、警察局，隨手撿了一粒小石子，循著學校高牆一路畫一路走。那石子劃壁的音聲和傳至手上的震動，予他一種說不清的快感，到處都是與他一般年紀的小人塗鴉的字跡，是「黑點」二字，好似在申說什麼，近校門不遠處，牆上有人畫了一個諸葛四郎，而後一道波線引向入口。他踏入校門，繞圓環左轉，忐忑地來到他的寶樹前。

畢竟還是很小的小人，他立在樹前空了心很久，才鼓足勇氣做他想做的事。

他一俛首，往樹裡鑽，竟真的進入樹身，樹內是另一個時空。

九　土埕：台語，泥土空地。

四

有個人立在一棟醭[+]色雙層洗石子的方形屋頂上，東西兩側是兩道南北綿延的山脈，太陽、月亮、群星皆西昇東落，大氣層破了一個大洞。很奇怪的，沒有人告訴他，可是他知道那就是許多年後的自己。他的視線下方，沿著洗石牆壁下去的地面，還種了一棵一模一樣的樹，那樹似青春不老永不更易，可是外在的世界卻改換了。太陽中兩隻火蟲逆牙相追，所以更炙人了；月中生一雙頭水精三腳蟾蠩，所以更寒涼了。人的胸中恆開一饑渴的火塘，把心所嗜愛的一切無盡地塞進去；兇惡貪婪的人，看到別人身上的肉，就管不住自己的嘴巴；善良懦弱的人也多不能捨棄他們以為更富裕、舒適、快樂、便捷的生活，忘了他們所寄的星球也是活的，資源是有限的。人食同類，吃自己的子孫，日日斫伐自己所托枝的巨樹。種作人為了確保獲得更大的產量，無度使用農藥、化學肥料，田野中四下瀰漫殺蟲劑、殺草劑的味道，草都躲到更遠的河岸、荒埔，結成相殺的人形。那是業風演奏出來的音

[+] 醭色：台語，灰白色。

樂。

忽然，他察覺西側山脈的一座座大小山巔都緩緩坼裂開來，東側一面臨海的山脈慢慢往東北方駛去，大地開始波動、陷落，海由北方往谷區漫了進來，潮水衍溢漂疾，很快就把視線所及的矮房子都吞沒，耳中盡是物類互相撞擊、撕裂的聲音，訇隱匈磕，軋盤涌裔，雷聞百里，滂渤怫鬱。他心不能禁地升起布袋戲中人物的語詞：「我命休了！」可幸的是橫奔蹈壁的海水，升踰至他所立的露台下方幾分處便自收勢，紛紛翼翼地靜了下來，整個世界好像就賸他一個人似的站在怪疑的津涯前面。

大運自古來，能說什麼呢？他正想著，耳根隱微傳來妙麗的聲音，他的寶樹竟在他的凝視下由水底升了起來，一人一樹就在這般的天地間對看。「小芋圓」雖常與樹相望，但在這樣的境界卻生出不同的情悟，先是他感覺到樹身中乳汁宏大的周行流動，然後自己全身的血液也隨之運行，最後竟聯結在一塊了，不能分出彼此。就在那一瞬，日月星辰同時放出光芒，玄爛耀目，如是延續好長一段時間，而後改向恢復正常的運行。可在那同時，水面遠處四下漂浮的世物卻不可名狀的生出火來，人常自負執持、降服了這些日常所需，於今它們顯示它們人所未知的變態，大火延燒了十閱日。

老年的「小芋圓」的家因居止在一塊曠地上，不與人接鄰，所以逃過了劫火。劫火過後，他的生活更清簡了，每日除了日常不可免卻的家事，便是散步，在他的樹旁讀書，寫一點東西。每至十月，他的樹即如珊瑚產卵般，向夜空放出星子。

偶爾他會希望「小芋圓」來看他，一起滋味他老僧般的生活。「小芋圓」太小，當然不能懂得，不過有一天他會懂的。

小院

這片芭蕉是院裡最早的住民之一，整地造屋後，屋主人一家因嗜愛它香甜細糯的果實，特到水源地楓林道邊一戶人家求來兩株初才九寸高的芽苗，才幾年日月，它已長成一座綠屏。每當細細的氣流鑽動，逐一蕉株頂上叢生的六翼便曼妙地點仰、款擺、輕旋，風獸群來時，千姿萬態。三足金烏躍過海岸山脈時，一旁荷池即把如幻如化，不可捉不可觸的光網，倒灑在層重錯織的碧葉上，布衍變動，直同一座錦步幛。

今早，後堦晾了一雙黑布面居士鞋，猶在淌水，其實左鞋跟早磨穿一個洞，不過主人惜物捨不得丟，有時騎腳踏車出門還穿著，今天它在家裡沐浴刷洗後享受曝日的溫暖。屋內樓上成排書架有一處，傳出窸窸索索的聲響，一只成人巴掌大的霜綠色葉子，移啊移啊到了樓梯口，稍做猶豫，然後鼓起勇氣往下一跌一頓，又爬幾步，再往下一跌一頓，到了第三回，可就沒那麼幸運啦，叮叮咚咚滾了下去直撞在樓梯間的白壁上，頭腳一縮，這下更像葉子。不一會兒，葉子又把它的綠頭腦、綠腳爪伸出來，繼續往下，因為更有經驗，更懂得捏拿環境了，三步一跌，五步一墜，貼著梯壁下到樓底尺二紅磚鋪地上。風把院草的芳氣拂入牠的鼻根，多年被囚在書中的氣悶，以及方才歷經的小劫，全脫卻了。

出於動物的本能，牠挨著軀身擠過主人沒扣好的紗門爬到簷廊，簷廊台堦上滿是酷烈醒人的山茱萸香氣，十幾株苗栽養在那兒，漫起香陣把一雙居士鞋捲住。

堦下是一汪自底行來的蕨草，什麼樣的土感生什麼樣的植物，這是自然的深奧，芭蕉綠屏就插生在正中央。這會行走的葉子心想：我要到這屏風裡去看看。心意才動，欻爾見一灰背棕身，玄色飛羽，頭幪黑色眼罩的猛禽穿壁而出，疾落在碧屏正中最高處，一莖亭亭如綠蠟的未展蕉葉頂心。這鳥軀身不大，然腳強爪利，嘴粗短有力尖端下鉤，甫一落定，便雄視整座院落發出聒噪粗啞的一聲怪叫。長頭、腳的葉子見了牠說：「你也來了？」鳥兒擺動牠的尾部：「佳氣嘛！如何不出來。」牠們是舊識，相識千年了。

春風拂蕩，蕉葉像扇子仙搖擺起來，頭大尾長的鳥猶自兀立在軟弱的蕉心上，鄰田老薊頭巔飛來的白絮灑落在荷池水面，荷錢還一個未生，藕種剛下不久。披戴一身霜綠的異葉，痴看好一陣子，眼底生津，忍不住歆羨起來。歆羨之餘竟生出奇想，牠忍不住揚聲對牠面前這片婆娑說：「喂——你們既生了六隻翅膀，怎不飛到別的地方去？」托住那隻鉤嘴猛禽的芭蕉笑了：「小傢伙，你的腦子還真是靈光。你不知道，這裡有兩個小小子可妙的嘿！屋裡的小女孩會口啣牛筋草的草葉，用紫花酢漿草和艾葉握我們的手包粽子。我們是她和她弟弟的隱身披風，只須一拉我們的綠翼遮住他們的小臉，他們便消失了。初夏時，我們從葉囊中出大花叢，他們拾我們遺在地面的花，拌沙做曼陀羅。當他爸砍下我們橫出花軸末端的佛焰狀大苞時，他們舉來做筆，在天上寫字，在樹身上寫字，有時弄出攬筆敬觀音的姿勢。他爸媽把這般的照片做成賀卡寄給蝴蝶爺爺、夏陽伯伯，擅於書法的蝴蝶爺爺見了會心一笑，夏陽伯伯則詫道：小人手上拿的什麼東西？

小男生尤笑破人肚皮，夏日時常渾身光溜溜的像一隻可愛的裸獸，兩腳踏竹青色雨靴，揭一比他胸懷猶大的白色保麗龍箱子罩蝴蝶，天底下哪有這樣抓蝴蝶的？教人肚子疼吶！又絕的是：有一回颱風倒了一株院樹，他的身體貪受踩在上頭彈躍震顫的爽快，頭面身軀上上下下竟被蚊蟲叮了幾十個疱。張說之《戲草樹》說：戲問芭蕉樹，何愁心不開？我們住在這院裡，可樂呢！

況現在要找一方長年不噴農藥、不噴殺草劑，不施化肥的地太難了，需得地主人十分勤快。」

芭蕉正說著，它的頂巔感到一股強大的勁力，頭上的客人兩翼一張一俯首，鶻落向長草，口裡緊鉗住一隻全身驚怵，本能做出烈火般掙扎的長鬚剪蜇，而後長尾一掉，雙翼斜撲，倏升至一株檳榔樹的心頂。這掠食的絕技很是好看，連牠的千年老友看在眼裡也深深點頭。

猛禽掠得獵物後，仍是兀立一點不動，直到那獵物死絕了，才把牠掛在一株山茱萸的高刺上，然後開始不可思議的相聲口技。一起手，牠發出尖銳的單音：「嗶——」「嗶——」，停停頓頓，然後「啊——」心裡似在想著什麼。過一暫子，牠倏爾發出嬌嫩的叫聲「啾伊——」「啾伊——」「啾伊——」，繼之以圓潤的喉音放情歌囀起來。牠好像忘了牠是誰，純然沉醉在牠對牠的耳根所捕獲的聲音的摹仿裡，院中的生物和無生物，群伸出耳朵，因牠的妙音飄浮到空中裡，似有看不見的浮力由牠的鳴囀中生發，把這院落裡的一切都蠱惑。

不知過了多久，一隻天青色的貓闖入來，「喵——」一聲，把群物都驚回地界。且慢！是這鳥發出了貓叫聲，連貓都被嚇了一大跳。貓停下腳步壓低雙耳抬頭往樹尖上看，鳥兒不知是有意還是無意，又學羊叫，「咩——」，這一叫令貓兒好不掃興，本來見熱鬧來看的，如今卻像成了被嘲笑的對象。

這貓是院裡的常客，常在其間戲蟲、捕鼠、撲鳥，把此處當成牠的獵場及遊苑，晴日每臥於麗陽下倒仰著頭，把牠的貓世界看成與人顛倒。誠如屋子的女主人所說，牠是最懂得利用這座小院的人，不！應該說是生物。其實牠本是一隻流浪貓，不過因為聰敏靈慧很討屋主一家喜歡，起先只偶或招待牠，有一日竟獻一只田鼠的頭做為回報，現今已儼然成為半個主人。牠從未見院裡出現這麼無禮的闖入者，即使是滿院飆追撲打的烏秋，成群路經遺落一大灘一大灘白屎的八哥，啞啞而叫的巨嘴鴉，也不這麼討厭。驕傲最惹貓嫌。牠一時間憤怒起來，雙耳彎立如角，鬍鬚下垂，不過對這佇立高枝的可厭者並不能如何，幸得群物並不取笑牠。

過一暫子，牠卸下心中的不快，靜悄悄行過滿頭滿面帝紫、明黃的藍鐘花叢，又行過渾身長滿莓苔，端坐在簷廊台階一側的兩尊無頭土祇，陡然發現那片生頭帶爪的葉子，葉子立時收起頭尾腳爪，想讓貓以為擺在牠眼前的不過一場蕉鹿之夢。貓呢？俯首睜眼，踮足豎耳，拱起整條背脊，尾做下彎的S形懸在空中，好像要用全身的懷疑來解剖面前這片半似綠果的怪異葉子。目光心光不能分剖它，便用手爪，葉子頑固任牠撥弄，最終掉到台階下一大叢金瓜裡，一朵金瓜花正盛開，霜綠葉子就滾在其下，很好看！天青色的貓對如此結場頗覺快意，牠開始在金光中舒服地伸展四肢，然後舉著尾巴，步下台階，走入蕨草森林，意外地牠發現，方前那可厭者無聲無息消失了，於是牠轉向荷池。

近荷池邊一株芭蕉樹忽爾無風自動，旋轉它的一隻手來逗這隻小動物，貓本來小兒心性，見這植物逗牠，看一陣子，便跳踉起靈活的身軀，想用手爪去捉它，一貓一蕉就這麼在院草中一逗一跳，很是趣味。待跳累了，貓靜一陣子，想起牠流浪的日子，不能忍問芭蕉：「你們真的都沒有煩惱嗎？」

為首的老成芭蕉笑了：「世上凡會振搖的都有煩惱，不過煩惱不是我們的語言。」「我們的蕉葉就是我們的煩惱憂慮，不過那都是不牢、不實的。人們皆以為我們有莖幹，其實都是層重葉鞘互相包裹的偽莖，若把它們一葉一葉剝開來，你會發現裡面並無所謂的蕉心，懂得這點，我們就是芭蕉扇了。所以月圓之夜，偶有早期來此拓墾客死異鄉的野鬼來我們這片綠屏下散步，你也見過的，不是？」

天青色的貓說：「老芭蕉先生，你既然知道這麼多，那剛才那目中無物的討厭鬼你一定認得？」

「那鳥啊？哈！那鳥和那會長出綠腦袋腳爪，剛剛被你撥弄到金瓜花叢的葉子，都是從一幅五代寫生珍禽圖裡跑出來的。連那剪翚也是。」

貓聽了，把貓睛改轉了幾次顏色，雙眼變成兩座深池。

紗門

其實就是件凡常粗糙之物，或者每一個現代家庭都有。工廠大量生產規格稍稍不同的鋁條，以急躁、粗陋的工切割、拼鎖成一個比人還高的「日」字，上頭蒙了一面細眼鋁網，以兩只內藏彈簧的蝴蝶扇頁固定在門框上；「日」字下半部為了防止進出時無心的撞擊毀損，嵌入一片相同材質模擬張目魚網的粗繩紋飾做為強化，稍為它染一絲活潑之氣；結構正中一劃右手稍上方處，釘了一件可以旋轉的耳輪形環扣，禁防不速之客不招自入。它住在這個家的南向一面，正因無啥引人處，所以少得關注，一家人就那麼早晚匆匆忙忙進出它身旁，好似它是一個隱形的存在。

當你不去想它時，門是一件死物，實則門是奇妙的東西，它司房子的呼吸，這種現象在紗門上顯得尤其微巧。不同季節、不同時分，室內、室外的溫度差異鼓動氣流穿過它的心腹，精擅掌握氣流微細變化的蠅蚊、各式小蟲，有時大剌剌地歇在它胸前，有時息藏在它的肘腋處，有時想入屋來，有時不知為什麼又想出院裡去。這裡像一座關隘，蠅蚊常因衛生或健康的理由，在此遭到撲殺、襲擊。若經百倍放大後必也令人駭然的屍身，或無聲或慘嚎墜落在隘下，至甚把殘軀、半命嵌掛在網眼上，或跌入紗門結構的溝槽裡。牠們的肉身是螞蟻、蜘蛛、壁虎所愛，所以此地又是獵場，天真的小壁虎竟在人前跳追受傷的蟲子，蜘蛛在角隅結了幾不可覺的網窩，有的網窩亦沾黏螞蟻屍身。屋主不留神時會夾斷壁虎的尾巴，那尾巴像夢一樣在地面魚躍，這還是幸運的，倒楣時牠們被沉沉的正門硬生生擠成肉餅，然後風乾成一朵帶髗頭的枯菊，做為紗門的伴飾。

所幸，時光長蛇行經宇宙時脫落在它身上的並不只是這些殘忍與悲哀，因為它面對一座綠園，不同節候有不同花草的香氣來染它，又有院中的柳花、薺絮以及不知院外多遠處飄來的游絲牽引伊，鳥兒換下的細絨毛和冬春的薄霧常來與它相親，即連一年一度怵心搖魂的白蟻婚禮，也把牠們如幻的衣裳掛在網眼上，螳螂將螵蛸結在它身旁，世運之力熟成時，無數小蟲即往來奔歌狡黠的生之喜悅，這一切都令它樂住此地，好比那院中的芭蕉，明明長著綠翼卻不願飛走。

有一天，一隻常來院中散遊的紅貓停步在它身邊，背著它說：「你好特別！」它答：「是。」就在此時，遠處一隻雉雞「嘎——」一聲飛了起來。

行止乘巧，深心實藏一脈巨大執拗的女兒，在門外揚起一支豆蔻編成的聲箭：「爸爸——再見！」黃欣手中細細沖洗擦拭原本架在瓦斯爐嘴上的鐵架，也朗聲應：「好——加油！加油！」在這魚島季葉裡接受教育，沒有強大的拗勁或者還真保不住自己，他忍不住這般嘆息。正如這流理台每天使用後若不立時清洗，一會兒蟻藪中便要涌出成陣的蟻雲侵掠人魂。

把整座流理台徹徹底底清了兩回，然後收拾餐桌。可以歸成一氣而不亂味的剩菜，皆盛入一只大青樱碗，不則轉入小茅花碗，一一蓋起，該入冰箱的納冰箱，餘者挪入廚房，午時繼續用於打發腸肚。這些年他覺得腸肚是個麻煩的傢伙，有時不想侍候它，它又來討債，不勝其擾，人若能不食而活，不知有多輕便，年輕時的挑嘴貪味好像是另一個人的事。

老頭與鬼

心中痴想，手底把杯盤皆迎至水槽，半面大餐桌也捩[一]巾子細擦兩回，另外半面就任它處於有小孩的家庭，日常生活自然沉積的混沌狀態。他頗能享受這種半端的齊整與半端的混亂，雖然有時也忍不住要噴火，因為他的內心實趨高崖簡淨，但有家不是獨身，他很明白。與情人朝夕相處是要付出代價的。

洗完晾好杯碗，把廚餘餵養院裡種了多年的果樹，澆了長年為伴的盆花，昨夜洗的衣服也澳光於日下，最後他沒有忘記把前門和畫室高窗的鐵捲門降下來又升上去。這是每天非做不可的功課，用來駭嚇小鳥和壁虎，令牠們不敢在裡頭做巢。他以一根竹杖探控藏於隱密處的電動開關，這是多年前因為兩個小兒幼稚，怕他們好奇升起頑心搆生危險而設，不知為什麼，這設計常令他想起小時人們口中常說而已遺落其意的「罘罳[二]鬼」。早些年因猶不懂得如何在自然界中居止，所以常任鳥雀、壁虎在鐵捲門中作藪[三]，夜裡有時聽到聒耳的怪異聲音，等颱風季節到，發現捲門卡死才知糟。

降升鐵捲門時，乘晴日把一屋子四向門窗皆打開，屋中所有垃圾桶的

一　捩：本義「扭」、「轉」，台語引申為「清洗」。

二　罘罳：設於宮殿簷戶之間，護花果防鳥雀的細絲網。有時指「屏風」。

三　藪：台語，「巢穴」的意思。如「蜂藪」、「鳥藪」。

攏搔也都集合一袋，待黃昏時摒除。每天把太座和兩個小兒送出門，他即啟動這如重力鐘擺的家務，然後採擷院中應節而生的花果供綴在佛桌上，立在佛前敬禮，開啟半日完全屬於他一個人的生活。他把日子生剁成兩半，一半給自己，一半和家人生活在一塊。

今年夏天，陰陽失位比往年更明顯，家中的檸檬樹竟三度開了些不成花[四]，山腳下的木芙蓉曄華姿曜紅顏，錯亂序節，即往常山間要到天涼時才抽莖吐熒的鹿蔥花也爭先破土，可是不成好樣即蔫去了。颶母行跡詭異，降落一場又一場豪雨，下得土崩魚爛，旱潦相繼；地層滑動了，巨石像乘滑梯般滾下來；極冷極熱的天氣，像刀像火一樣害傷人。前後院來了幾位前所未見的六腳客人，長得花臉般，大顎短闊，頭戴短鞭，強勁的後腿突起尖刺，一彈便兩、三個人身遠，有時鈎住壁面練習走壁的功夫，黃欣常看著他們遙憶自己的少年，不想今晨卻有一位，也不知是男是女，竟緩步爬上他書桌旁的鋁網紗門隔著網孔偷窺他。其實說是書桌完全不對，那根本就是半個世紀前

[四] 不成花：不像樣子的花，不能結果的花。

平常人家簡陋的長腳竹椅，他每天把他正在看的書放在上頭，然後拖一只短腳藤凳墊在臀下湊著看。說了可笑，家裡通計[五]怕不有七、八張大桌子，他卻享受跔[六]在門邊的快樂，因為如此可以隨時覺察院中的動靜：蝶翩、鳥移、花落、葉颺，甚至枯枝的墜落。那客人掛在那兒自語道：「逐日都在看啥？」他忍不住笑了。鳥獸蟲魚都會講話的，不以時[七]開的狂花也是。

他把書闔上，起身走到置CD的粗木架前，挑了史特勞斯（Strauss）〈狄爾的惡作劇〉（*Till Eulenspiegel*）放入播放器裡。朱明奄昧的時代，光是聽聞有狄爾這樣的半人神存在便足快慰人心吧！民間對濟公的嚮往也是同樣的心理。他喜歡曲中的雙簧管，雖然全曲稍嫌單弱，老了以後他不怎麼喜歡卡拉揚（Karajan），總覺這雄霸黑膠唱片時代的傢伙不深味，今天聽完竟生一股索然，決定騎單車出去看最後的火焰花。

移居島東之前，他從未見過夏天底下熒熒高華的火焰木，那奇肆的花序總令他想起排灣、魯凱的山豬牙頭飾，是人摹仿樹為自己作飾嗎？沒有人能夠回答，然他每次見了都忍不住細細端詳，傾注十二分企慕。當他把車子

五 通計：台語，「總共」。

六 跔：台語，「彎曲不伸」。

七 不以時：不依循節令。

騎上堤防，發現觸目所及整座河床都乾枯了，那些往常每天在都市人還沒起床前，即如樂符般彈出河面波粼覓食的魚兒，都厭棄此世升天去也。堤岸兩側亂草上蔓生許多菟絲，往昔孩子們小時極罕見的，今隨處延綿，一對老夫婦弓身採集，稱可以煎水解暑，他怵然想起一位從小在自然中長大的朋友吐出的一句氣憤：「什麼都亂了！這就是所謂的文明。」待他牽車行入心愛的火焰小林，所有能淨化人心的光華全消散了，而才二十步之遙的洋紫荊已然放肆。金風中的洋紫荊招人以一種舒泰，而今炙人的輻射卻掩失它的魅力。

他把車子推上短坡，橋下因颱風季節防汛剛砍過的芒草和蘆葦又長出一人高了，水雞、水鴨又回來活動，有一騎摩托車來的中年男子執短鐮在河床上砍牧草，新生的牧草看起來細柔香美，原來跌水處一個魚窟窿整個乾盡，柏油路邊各色雜草也都煥發可愛。賞了一陣子野草，他讓車子慢慢往下滑行往鎮上郵局去，一位早年的老友打電話給他，說是執相機重回海門，蹤跡二十幾年前記錄的人、事、物，將新舊文字、影像并結成一新集子，寄予他做紀念，吩咐他意注一下郵件。打開信箱，盡是這時代特有的無趣。

天氣使人煩躁，每日和一隻看不見的赤猿搏鬪很累的，黃欣倥倥其心往回騎，路上為了貪蔭被一根橫出的枝條打著頭臉，嚇一跳，趕緊把神匯一處。過一片稻田時，遇見幾隻蜻蜓，蜻蜓特有的飛頓引他心中的不爽霜釋。再而是一只黑蝶，正撞在他臉上，今天真奇怪呢！莫非真老矣……欻爾他見地界有一株倒臥的芭蕉擋在輪前，即猛地將龍頭往左一扭，卻被一無形之物彈了回來，眼看人車就要直撲滿積垃圾的涸圳……他強鎮定把身子往前一沉兩腳觸地，硬生生打橫龍頭，才免去沒鼻落管、鼻青臉腫的下場。「人倒楣時，鳥仔都大便在頭殼上。」他怎麼想都搞不明白，分明是向左轉，竟被什麼改變方向？天地都顛倒了，猶有什麼可說？回到家他才發現腿上劃出了一面小血牆，緊趕上了藥，痛睡一場。到了晚上，老妻孩子們回來了，他也沒出房去。有時他工作累了，會如此，他們並不覺異樣。

夜深後連老天也沉不住氣，推了雷車盡在家附近上空礧礧硠硠來回滾轉，好像昔年他和孩子們在頂樓望見的海上、山中雷電全詭赴一處，陰陽激燿，燁燁震電，可偏不落一滴雨。光鞭穿過窗百葉在臥房內亂跳，即門樞上的插梢也在洊雷中發出奇異的呻吟，就這樣騰折一個多小時，好不容易氣溫降下，飀飀地起了幾陣風，夜才靜穩。

靜使腿上的疼痛如潮漲波來，他忙收攝心念不去想它，起身到書架前想找一本書看。嘿！窗外車庫北面枕木椅上竟坐了一個人！這荒郊野地有人擅入人院豈不可怪？黃欣豎起頭髮，沉了聲，問：「誰？」

「是我啦！」答應聲中帶著調侃。霧燈下那人轉過上半身來，臉戴墨鏡，頭梳海結，手扶細細白色盲杖，上身著豬肝色老式寬領襯衫，下身是挺拔的黑喇叭褲，右臉頰嘴邊有一殘留多年然已不顯的疤痕，他的光鮮漂撇[八]和黃欣的醭暗邋遢恰成一對比。

黃欣心裡忪忪一下，隨[九]又靜了下來。他打開前門，繞過藕花大缸，和來者並坐在夜露裡牛樟渙出的香氣中。

「阿你不是死嘍？」

八　漂撇：台語，「灑脫」的意思。

九　隨：即，立刻。台語，中古漢語。

「這個月開鬼門，門一開我就出來。」

「炎丘火流的世界，轉來[十]做什麼？」

「你不說，我還不生氣！早上我正在放尿，你也不知從那裡跑出來，就那麼狠狠往我屁股撞了下去，若不是我站得穩，哼！遂狗吃屎！你看過沒攬褲頭的人匐面在地麼？」紅衫人沒好氣。

「這麼說，早上我是被你撞到了？你倒是都沒變！」黃欣陪笑。

「是你爸用屁股用力把你彈了回去！我都沒變？是你老了！」一人一鬼一見面就盤[十一]起嘴錦。

「你眼睛看不見，怎知我老了？我搬來東部體重增加二十幾公斤，回北部去，不是熟識的人認不出來。」

「聽聲音就知道，除非你莫出聲，你那聲音，化成粉灰我也認得出來。」

「嗯？當時我又沒講話！」

「我是跟你回家後，聽你跟宅急便的送貨員講話才認出來。」

十　轉來：回來。台語，中古漢語。

十一　盤嘴錦：台語，「鬪嘴」、「耍嘴皮子」。中古漢語。

「你四界亂跟人，那麼女人家在上廁所，或者夫婦在相好時，你不……可能在旁邊聽？」黃欣忍不住調戲他。

「那是常有的事，人活人的，鬼活鬼的，我們的世界正好跟你們凹凸互補，你們不占據的空間由我們來住。不過時代變了，人心愈來愈貪，我們生存的世界也愈來愈細[十二]，聽說神的世界、自然的世界也都不同囉！這回我轉來人間，聽有眼睛的同伴說，人頭上都戴了魚頭了，你可注意到？」

「這種事你們鬼眼才看得見，我們肉眼看不見，只知天災地變愈來愈多，愈來愈厲害，知道的人心裡怕，不知道的人痴痴愚愚過日子。自然的力量深不可測、廣不可量，人只是寄生其上的微菌，呆人在祝山上讚嘆日出，不知自己所立的另一面正是隨時可能發生大崩塌的萬丈危崖，貪人在陳有蘭溪的颱風大洪水中大勇撈豬，終和一千八百隻豬一起奔赴太平洋，令人感激的生命力啊！誠少人想：如果我捨去一些不必要的享樂、便捷，世界的崩壞或者就能減緩下來。人類幾世紀來所迷信的『自由』、『民主』、『科學』被無限放大後，人人不知不覺成為暴君，成為『資本主義』妖魔的爪牙和奴

十二　台語「小」稱「細」。中古漢語。

隸。人若知道易牙煮自己的兒子給皇帝吃，一定覺得這個人好殘忍，其實二十世紀的物質享樂文明幹的正是吃兒子、吃孫子的事！」

「嗯——怪哉？阿你以前不是滿嘴詘訐譊譙，騙我跟你做夥開茶室？現在說話倒板起臉來若孔子公！」紅衫人扶杖攲[13]身誘臭[14]伊。

「那是少年時代彳陶行樂的話，鬼扯蛋，滿地耍，當不得真，在茶室裡總是說茶室的話，敢有人在茶室說教、演講？」

「姦你娘！我被你騙了好多年，後來才知道你欺我看不見，滿口胡說八道，沒意思！」

「啊——不要生氣！什麼所在說什麼話，我也待你不薄。我真正是艋舺流氓人出身，我大表兄至今猶有人認得，只是炒地皮失敗，雷鰳響也鰳瞋[15]矣。我阿舅在生時，喝一聲水會堅凍，即死了以後十多年，我阿妗出喪，黑白兩道無人缺席，陣頭把大觀戲院那一區附近全堵死，神將、仙鶴、蛤仔精、濟公、大仙尪仔淹然涌現，復隨群人消逝，似真如幻。不信，你問小豎子，他一個嫂子就在龍山寺露店賣吃的。」

十三 攲：台語，即「斜」。中古漢語。

十四 誘臭：台語，中古漢語。「相欺詆」。

十五 瞋：聲盈耳。台語，中古漢語。

一聽到那名字，紅衫人臉龐立時變了態。「你莫提那骯髒的傢伙！賭輸了不給錢，欠我一百多萬，至今未清㗅！跟他要，像避債蛾㨂，不知躲到哪叢樹的屁眼去？我叫我弟弟透過保全公司找他，裝孫子，不回家！」

「聽說這幾年也離婚了，只存兩粒卵胞在空中盪。」

「他不要被我碰到！若碰到，我把他抓來當毛巾抮[十六]！」聲調像竹子一節節升高。

「抮？抮也抮不出個屁來，大夥兒都老矣，沒用啦！能怎樣？總是載念他也曾幫你們出過名，一起喫、一起喝、一起耍、一起賭那麼多年。手腳不乾淨，那是本性，你們自己也深知他那付德行，不過少了他，你們也不行，是不？倘不是時代、社會如盤渦變動，政黨輪替，天翻地坼，你們一樣窩在壁角咬蘿蔔乾，誰說你們會唱歌？每個人、每樁事都若水上浮物，水若清，大家都清，水若臭，大家都臭，看深點，就不那麼可氣。做鬼矣，猶想不開？欲來飲一杯否？飲一杯，消消氣！」

「好啊！總是多年不見。酒鬼朋友，不飲酒說不出話來。」

十六　抮：扭、轉。台語。

黃欣起身轉回屋裡，左手手指挾了兩只玻璃杯，右手抓了一瓶「人頭馬」，回到前院，正好看到一隻不知何時來的夜鷹，施展牠的飛行絕技迴旋飛掠於霧燈下。他倒了三分之二杯酒塞入紅衫人左掌裡，紅衫人的右前臂像一隻被剁去前半截去毛燙熟的豬手。盲人耳官很靈：「那是什麼在飛？」

「是蝨母鳥[十七]來掠蚊蝨，飛得真美，翅子一點一點白白的，現在，都市無地看了。」黃欣望向夜雲中微微露出的北斗第三、第五璣、衡兩星。

「你們這兒不錯，很清幽。」

「本來不錯，這幾年農地復耕，搞什麼狗屁『小地主大佃農』，一天到晚用大型機器噴農藥、噴殺草劑，自己毒自己，還號稱『無毒農業』，我看人有一天會變蟲、變草，相殺、相殘！」這話頭點燃黃欣的怒氣。

一陣沉默後，紅衣人改轉話題：

「聽人說，你是金嘴鳥，不輕易阿老[十八]人。我一直有個問題想問你：當年我們紅遍全島，你敢曾真覺得我唱得好？」

十七　蝨母鳥：台語稱夜鷹為「蝨母島」。「蝨」是「蚊子」。

十八　阿老：台語「稱讚」說「阿老」。中古漢語。

黃欣舉杯仰首喝了一大口：「欸伊——名人都有那麼一鼇步七，不過也就那麼兩下子。名人忙，沒有時間一再深潛，所以在不知不覺中退步。名人總是應運而生應運而死，不是我一吹，春煦煦菲菲然來，我一吸，秋颯颯蕭蕭而至。不管你橫霸多少年。若沒有真本等，親誠、朋友、關繫一死盡，亦是化為土灰，尤其我們這種三寶所在，若不客氣說，自你進錄音室以後，便一直趄[十九]落去，因為一直想證明自己的本事，唱到後來遂不認得自己，人或都知世間雜樹厲害，不知蔓草更為兇狠，頭殼都淹沒了，還不能知覺。我這麼說，不知公道否？

我覺得你唱得最好的時候，是在馬階教堂對面那間小茶室裡我剛遇見你時。教堂前那棵雞蛋花，在含有鹹味的海的氣息和你的歌聲中，無聲把花落在石堦上，我想那段時光是你一生中少有的平靜、幸福的日子，因為沒有妄想，所以也不生悔恨。

後來有一回我也印象很深：你們的名氣隨政治狂熱的退潮開始坼落，小豎子問我有沒有興趣寫你們的傳記，大家多年沒聚，一起在樂仙樓吃海

十九 趄：斜。台語，中古漢語。

產。酒醉飯飽，你去消解，轉來時以為大家都散囉，自己一人爬樓梯，歌聲不覺由心中升起，整個三樓偌大空盪的餐廳就我一個人站在那邊等你，自你出名後，我沒聽過你唱得那般感人。你死後，我每想起你，總不能忘記這件事，還有你殺了你的女人服刑剛出獄隔天，我在茶室門口偷拍你的那張相片。當時返景將闌，茶室的霓虹燈初上，你雙手扶杖把頭勾在兩膝間，陸橋上滿是行人，然人人望向觀音夕照，你一世中大概不曾有人拍過你這樣的影像。再怎麼飛都飛不出這個島啊——宣傳照中的夏威夷只是夾板上畫的布景。」

「人生若一粒水泡。」紅衣人起身，一雙墨鏡擬向遠方，左手舉了舉杯子，若像祝酒，一飲而盡。黃欣趨近為他續上，怕他感傷，又找話頭：「阿你們那隻水蛙呢？你做鬼了後去看過他嗎？」

「有人借他的名字開了幾家按摩店，渡日子吧？用他殘餘的那點目光看撲克牌和三角褲！」

「活著嘛！他就那麼一點本領！你若沒死，恐怕也跟他一樣。」

「阿你後來，書寫了嗎？」

「寫是寫了，你們淨說這不能寫那也不能寫，刪到最後剩七、八萬字，後來又濃縮成三、四萬字，想搞到報紙上先連載，找了幾個報，沒人要，退時嘍！出版社出書，是因為認為能賣錢，不出，是因為怕賠錢，世情如此。你死了那麼久，還在想這些沒開成的花？我才衰呢！虛功一場。」

「鬼若候鳥，轉來人界，不免人情。」

「那是你自搓大索綁自己，又用箭射自己！世間事，緣合則生，緣散則滅，當初上街頭的人做一粒郝伯伯的頭一路踢洩恨，如今年輕一代誰知他是誰？人要看得破，才能從苦厄中拔出。我有好幾年，都在我們這兒山腳下水源地一座深溝，足足有兩三人高的長草中，聽見一隻困獸在哀號，前幾個月，有人將長草全砍去，才發現是一支大塑膠水管塞積不通，當水、氣相激，即吹出可怕的地獄之風。若在以往，自然猶未被人凌遲成這般衰慘，人經過那兒，一定以為鬧鬼。心每天拖著人崩奔，使人受苦。」

「難道你認為沒鬼？若沒鬼，你現在跟誰在說話？」

「鬼神是人心感應出來，不能說有也不能說無，世法中，一切都是人心變現的。好比錢，一張破紙有什麼價值，因為這個所在的人共認伊的價值，伊才有用路，否則擦屁股都嫌不好用。

我講一個我親身經歷的笑話與你聽。來——我再為你添一杯，你消消氣。有一次，我一位修佛的朋友打電話給我，說想送我一部《禪林珠璣》，問我要不要？我跟他說我老矣，眼力不好，愛看簡單的東西，我最近讀一位禪師的書，把佛理開剖得又簡單又真切，如此足矣。他說，像我這麼聰明的人都稱讚，一定不簡單，我聽了足受用，尾閭都翹起來。沒想到，一個禮拜後我打電話給他，問他有沒有去找那位禪師的書來看？他說，他上了網路看看，不怎麼樣啊！現在，人把網路當成全世界，像我們這種沒有網址，不用手機的人，全『奧茲』（出局、死去）矣！我不是人，鬼界也沒有你，自己要覺悟！

若是我的小孩起來，他們也不會相信你是鬼，現今流行日本鬼，什麼花頭都有，水噹噹，怪奇奇，想開點！」

紅衫人在生時即沒什麼嘴花，聽了這些話只立起身來，默默在當初留來做為地界的那排檳榔樹前走了過來又走了過去。

黃欣見他落漠的樣子，不禁升出一股歉意：「你這次來，有什麼打算？」「本來是想，你若還有興趣，要將我一生的事都講給你聽，你愛怎麼寫就怎麼寫。你以前不是說，這樣才有人要看？若依現在這個扮勢，沒望嘍！」

「我看你也趕緊打聽怎樣投胎去火星。聽科學家說，若地球崩壞，火星是人唯一的希望。」

遠方北林方向高處，突然出現一顆緩緩飛移的光點，黃欣知道那是螢火蟲乘氣流飄來，他告訴紅衣人：

「遠遠，有火金姑[二十]飛來，可惜你看不見。」

「你們這兒現在還有火金姑？」

[二十] 台語「螢火蟲」稱「火金姑」。

「不多了。從溪埔野地那方向順風吹來，若流星，常落在我們家頂樓和院子裡。誠好看！」

紅衣人眼睛雖不能見，也借面上的肌膚感覺風的來向。說了令人難信，那熠熠清穆的綠光緩緩下降、緩緩下降，竟停在紅衣人頰上幼時礮彈炸傷時遺下的疤痕處。

「停在我面兒是麼？這麼適巧？」紅衣人的臉如一株寒夜中的小聖誕樹般一閃一閃。

黃欣目睹這景象，按捺不住心中感激：

「不知為什麼，我突然想起你以前說的，年輕時代一位不知名的女人捧她的乳房給你吸的事。天底下竟有這般奇妙的遭遇！」

紅衣人聽了，整個身體竟從鞋、腳往上，一點一滴地溶化在空氣裡，最後留下一句：「我想去看看海！」

隔日，老天爺為了啃食祂所寄居的那條河中石腹下的水藻，把祂的魚肚翻了出來，黃欣也曲腿抵胸壓腹數二十息然後彈躍而起，轉動他一日的勞作。他熱薑茶，好讓全家一起身後空腹時喝。老妻開始作飯。小兒子軀殼下床了神魂還在眠夢，他叮囑他：「椅子拉近，人坐正，腰挺直！你看你愈來愈大隻了，還像小狗狗趴著。」

大桌上昨夜來了一隻枯葉螽斯。

退步主義者

我是偶然間認識這麼一個人的。一位學生時代的老朋友憐我因氣喘差點病死逃到鄉下廿年，常由島的首都遠來看我，有一回突然說，他有一位高中同窗也在東部買了一塊地蓋了一個房子，想介紹我認識，大家可以做鄰居。所謂鄰居，在這東部，只要談得來，一兩個小時車程就算鄰居了。

於是就有那麼那一回，我們見面了。他的地在通往這個島昔年以盛產蝴蝶標本聞名的山谷的道路下方，處一河堦台地，不過灌溉的水圳正流經他的屋頂上頭，就自然地理的角度看是一低溼之地，而且不是很安全的。房子嘛也不是一般的房子，是兩只貨櫃。水圳坡崖下，一只貨櫃三面改成落地玻璃加一扇帶紗網的鋁門，嵌在水泥台座上，做為屋子的主體。鋁門外三級台堦，堦前泥地上擺了一張簡陋的木桌子，貼著坡崖有一不鏽鋼洗手槽，水顯然是由上方圳溝引下。屋內只一片光禿禿的地板，頂處懸一支孤單清冷的日光燈管，後方稍有一狹長隔間，設一床墊及一小電視，室內許多蚊子，蚊子與人共生，主人似不以為擾。

另一只貨櫃比較小，距主屋不遠，只開了一扇門及一小窗，裡頭黑魆魆地堆了些雜物及一可以勺水沐浴用的大桶子，侷促狹窄的空間點了一只黃色燈泡，或者只有六十燭光吧！

人長得敦敦實實的，談吐溫煦和泰，不像我好似一即將成形的颱風。他在都市早年酒廊林立遍地都是媌仔間[一]的繁華之地開了一家牙醫診所，營業了幾十年，每個星期五晚上結束看診，便一個人坐夜車由北部到東部來，進入他個人私己的世界，直到星期日黃昏才又坐車回到紅塵。也有妻小，不過妻子、孩子們不怎麼能享受他引以為樂的清簡自然。最妙的是，有時他未及趕上抵達他東部居所的最後一班火車，仍跳上東線下一班車，盡可能靠近他住的地方，然後在夜裡獨自一人徒步兩小時。

吃食的事盡可能簡單打發，由北部帶一點乾糧、零食，有時撿枯葉、

一　閩人稱妓女戶為「媌仔間」，不過這裡特指越戰時期，與美國大兵同居的女人所租賃的公寓。揚雄方言注：「閩人謂妓女為媌。」《說文》：「媌，目裏好也。」

枯枝生火煮一鍋湯，有朋友來時在附近野店叫兩個小菜，冬天時在自己屋旁一小條地界上撒一點菜種，鄰田噴灑農藥，他就摘取自家田中央少受波及的菜吃。樂趣全在自然界中穿行。

我曾隨他一起隨意走入接壤的鄰園，附近的老農們習慣了他在他們的園圃中亂走，沒有特意的招呼，只有親切的一兩句其實不含意思的問候，勞動中的人有時甚至連頭也沒抬，這是一種都市人很難想像的鄰居關係。他沿著灌園的水管往上走至日據時代修成的水圳，水圳邊一排顯然有人刻意移來的刺蔥小林，秋日裡飄著沁人胸臆的香氣，樹與樹隔著約略相等的距離，水白波波地就在樹腳嘩嘩響動。他不多話，只把他的喜愛與你分享。

由他的住處取一條野徑往下可以到馬蘭鈎溪下游，羣石間一泓漫水，是盛夏戲水的天堂，野地裡到處都是滋味盪人唇舌的苦蘵，黑與翡翠的青帶鳳蝶；圖案眩迷人目的石牆蝶四下翩躚。長草間飛來牛虻，鋒利的口器在人腿上切兩劃，血便隨滲出來了，令人心怵的痛，他只把它當做自然的一部分。溪的另一邊是一世外桃源般的布農部落，所以許多布農孩童也在此處像魚像猴般戲耍，谷地中除少數稻田外，都是菓樹、菜圃，時見別地不曾見的野花野草，若不繫心俗務隨心散步，三、四個小時只如一須臾。

有自以為聰明的人說：「像他這樣整天在人的垢齒縫、爛牙肉中討生活，難怪受不了。」又有人挾智慧：「其實人無所逃於天地之間。你看他逃離了那一個個妖魔般的人口，搭乘了幾個小時火車，不又不自覺行遊於山嘴、溪嘴、石齒之間？」這些褊見給我的印象，都不如有一回不記得談到什麼時他不經意說的：「我是個退步主義者！」好一個退步主義者！人常誤以為一切更動、變革都可以導致進步、舒適、便捷，一切都當往前走，其實歷史告訴我們，本來目的在減輕人類疾病與痛苦的自由、民主、科學，如今正在多數人渾無所覺的情況下把人類帶向危崖，因為他們誤會了什麼叫幸福，且忘了地球的資源是有限的。人當然不能回到過往，但慢下腳步是可能的，最起碼可以從個人做起。我曾問他：「你住的地方有蛇嗎？」「沒見過。如果有的話，我倒想看看牠們長什麼樣子。」當時他剛用剪子剪完棕櫚的落葉，正用一把柴刀剁一支枯木準備升火。

我曾自詡是個酷愛自然的人，剛遷到這島東時，我常騎著腳踏車一個小時又一個小時，放曠在山間水涯，見過上千朵大白花曼陀羅盛放的野溪，巨山下降風口處在疏林間如宇宙群星旋轉的螢火，湛藍夜空下如奇異鳥獸聚會的叢谷，數千鷺鷥由八方天頂出現又倏忽消失在人腳下，山道昏光中一群老少原住民捧著不知什麼東西如《職貢圖》般行過，冬晨海上亂疊朵雲間的金蛇游竄，然而最近我常覺得我有點什麼不如他，一點我說不清的什麼。

假如我有一塊地

想必不少人生過這樣的念頭。不過，不曾親自在土地上耕作、種植的人，想的是一塊虛懸不真之地，而半輩子插在土地裡勞動的人，其經驗、心思的曲奧繁複又遠非我們所能了解。

擁有一塊地，蓋一間自己想像中的房子，種自己喜愛的植物，蓄養自己心愛的動物、禽蟲，這是大多數人都有的夢想，可是要實現，以一種「無害」的方式來實現，卻不簡單。不傷害自然就是不傷害自己，因為自然是我們所寄居，這樣的道理好像人人都能懂得，可是我們在生活中卻經常轉首就忘，「人情蔽於所不見，燕雀處堂，自以為樂。」對自然的缺乏知識與了解，以及我們對自然的愛的脆弱，使「無害的經營一塊地」成為巨大的挑戰。

就拿我目前這塊地來說吧！由頂樓下望那一方方棋盤式的田，都是日據時代殖民經濟的遺存。每塊地一分半大，約四百九十餘坪，剛好夠移民來此的一家人建屋落居、種菜自給，有餘力則往外拓墾。如今是十二等則的黑土田了，當初一片榛莽，許多早期移民過勞而死、葬身異鄉，都是渡海而來僻壤窮民。水圳也是當時興造，移民未成，日本戰敗，土地易主。十五年前我們初到此地時，恍惚還可見到前代遺痕：圳裡水草滉漾，時見游魚成群，有雁鴨將雛鳥習游覓食；夜裡散步常被溝底涌出的白鷺驚動；夏夜螢火游空，夜鷹來在路燈下，一圈復一圈不倦飛遶捕食蟲子；一早還在床上便被雉雊喚醒；沿圳溝來入院裡的有蛇，盤著花盆想吃與花同棲的蛙。稻田裡還可以看到花形清雅的野生白慈菇，田盡處的礫石地種滿一頃又一頃的白甘蔗，蔗叢裡怕不有舉千舉萬[一]田鼠、竹雞、雉雞，你騎車進去，翠羽鮮爛，嘎嘎亂飛。盛夏時蔗田收割，炎陽把殘留在地裡的蔗根鬱蒸出一股香甜濃郁的發酵氣味，路過的人好像聞了就要發胖。溪岸積水處有大蚌，如壯年男子手掌般大小；魚池邊環伺白鷺、夜鷺以及過境的深雅而觸人心魂的絕美蒼

一　舉千舉萬：即「成千成萬」。台語，中古漢語。

鷺；有一條野徑，恆有成千燕子旋飛遶舞，掠食蟲蠓。人和蟲鳥之間也有戰爭，但都是以手工的方式，生活簡單素樸，人和自然的關係還如一幅交織的錦繡，閑步到塊獨幽默處，彷彿還可以嗅得前代人的氣息。就在這樣氛氳裡，西手是崇山連綿合沓，東邊則海岸山脈似奔馬北去，這是一個壩子，遠離土石流的可能侵襲，以及海岸地形改變可能招致的崩塌，夏日氣流旺盛時，遠方海上、山間熾爁左右、上下奔竄，是金錢難買的夢。

不用深說，駐在這樣的土地上，當然要對它備加珍惜。我們整地造屋之後，植草護坡，種上了一家人心目中的皇樹嘉果以及鍾愛的各式花草。開始時我拿定主意，不用割草機割草，那時小女還不會走路，就用揹架揹著她蹲在地上手執短鐮除草，遇兇狠的野草則用手去拔，所以我的女兒會走路下到院裡做的第一件事就是拔草。地雖不大，除了幾次草後，我就發現用手除草的不可行，雖然這時草還未真正滋漫整個院子，於是從眾改用揹負式的除草機，把原本的七、八個工作天縮短為一、兩日。一塊地若要勤快地除草，一年要砍約莫九到十次，我覺得每次割草都要耗油，間接破壞環境，於是把它減為七次。院草一年比一年旺盛，盛夏草長常淹過成人腰際，草根結成茹了，像一片厚厚的地毯，深抓住沃土，待你要墾地蒔花、種菜、藝樹時，你便發現它的威力，開始醒悟種稼人為什麼恨草。「晨興理荒穢」，樂而行之，不是那麼簡單的。

不知為什麼草會遷徙？你明明灑的是這些草籽，它長了一、兩年消退了，無端升起、入侵其它草種，等你習慣了它們、愛上了它們，它們又被別的草取代了，去去來來，飄忽無蹤，它們會跑、會飛，借助一切隱微的，人所不覺的自然力量。一塊地最終還會有它特別適合感生的草木，在它上頭成為優勢植物，只要人不過度去干擾它。幾年前我一位和土地、自然極親近的朋友，見過我的地之後說：「你這個地種蕨類最棒了！」我沒有在這塊地種過一棵蕨類，它們自己跑來，如今佔遍了我的大半個院子，許多是蛇木，以後會長很高的，看來我遲早要對它們採取某種手段，否則早晚會被它們包圍。

除了草外，惱人的更有雜樹、藤蔓，有的種籽可能本來就在你的土地裡，待機而發，有的是路過覓食的鳥帶來。開始時它們只一丟丟[二]，混在草裡，等它們著根深了，就不易除去，若又不能辨識抱著好玩的心任由它長，常要吃大苦頭。愈是不好的樹長得愈快，有時把珍貴的樹種整株包纏住，有的根部釋出毒把鄰近的樹都毒死，有的渾身是刺，燒不死，斫復生，像九頭怪。藤蔓更令人防不勝防，初始時只覺它纖柔可愛，常生惹人憐的細小花果，等樹、草被它沾上了，千纏百結，有時深勒入樹幹吸收樹的養分，甚至將它層重包裹，使它得不到陽光終而僵立枯死。砍草最忌遇上藤蔓，藤蔓會把割草機絞死，所以割草前，必先以手鋤清除雜樹，並以耐心徒手清除蔓生植物。它們貼著地面，緣一切可緣而生，如網羅密布，往往未砍草前，即扯出幾大山蔓藤。徹底清除藤蔓的方法是找出它的老根，用黑塑膠布隔絕陽光，把它罩死。

一定有人感到好奇，如此煞費周章保護這塊地，種什麼呢？種牛樟、種肖楠、種紫檀、種桃花心木，這些都是好樹，尤其紫檀，八百年成材，聞之令人神往。種橘、種柿、種橄欖、種檸檬、種木瓜、種芭蕉、種酪梨、種

二　一丟丟：台語，中古漢語。「很小」的意思。

紅心芭樂，季候到了它便長出佳果來。種荷花、種木蓮、種七里香、種緬梔、種蘋婆、種茉莉，花信到時即吐出香來。種鹿葱、種江蘺、種茱萸、種萱草，發思古之幽情。冬日少蟲害時，多種菜，如此而已。光這樣就夠忙一年。四時清供有了，蟲鳥蛾蝶看不盡。

當擁有土地的人或者在土地上耕種的人，不想和野草、雜樹、蔓藤植物做肉搏戰、遭遇戰，不愛浪費時間捉蟲、驅鳥，他們選擇使用農藥、殺蟲劑、化學肥料，即使在自己家門口、院子裡，而且唯恐自己噴得比人少，蟲鳥跑到自己的田園來。我對待我這一小方土地的行徑，恆招來近鄰們的嘲諷：「我們不敢種樹來害人！」「欸伊——藥噴一噴就好了，何必這麼麻煩！」只有陪笑臉：「自己的地嘛！」很奇怪，他們自己也深知藥的厲害：「藥一噴，連樹也死！」但還是噴，為什麼？確保他的收成！很慚愧，他們送的果菜，我們沒有敢吃的，久了鄰居關係也疏淡，好悲哀！

這兩年，政府的農業政策更是令人魂駭神斷，各鄉鎮徵集小農的土地，放租給想耕作的人，定期統一使用大型機器噴藥，漫天飛灑，嗆人欲死，無所逃遁。近收成時，可怕的怪味撲鼻鑽心，綠油油的田園不聞蟲鳥，一片死寂，極少數有噪雀似流雲去了又來的地界上，種的都是自己要吃的糧食。當然也大有人我等同看待的，「反正吃了那麼多年都沒死！」大量噴藥以後，前面我所提到的十五年前的自然美景全化為鬼魂。

人的善忘，極可悲嗟。人的老祖宗們以蟲鳥、禽獸為師，知道什麼是可以吃的，如今卻想種一些蟲鳥禽獸不敢吃或吃了會死的東西來餵養人，土地成為「更優沃、更便捷的生活」的悲慘奴隸，而吃這些食物的人也是可憐的、古怪的、匪夷所思的動物。諷刺的是科學統計數字說人的平均壽命增長了，但你到都市鄉鎮裡看，多少老人失智、失能需要人照顧，還有那些未老的，他們將在這樣的食物、空氣、飲水中活多少年？

最近不少人注意到蜜蜂中毒，集體消失了，實則中毒的是人的心地，正好比這些年無所不在的土石流其實是發生在人的內心。外象只是人心的外顯。

我們想擁有一塊怎麼樣的地？如果我們種的是自己。

附錄

毋貽盲者鏡

「毋貽盲者鏡，鏡裡照空花，空花隨時改，妍醜無等差。」不要贈送鏡子給失去目光的人，鏡子挾晨昏光陰誕人[一]，早上夢中的瘦骨，下午即駃肥似豬；曉日中的朱顏綠鬢，惡睡中如出地獄。

「毋貽盲者鏡，鏡心寡人情，人情斷喪盡，不異狗噬主。」不要贈送鏡子給眼睛看不見的人，鏡像生俗眼。鏡子用眼睛吃東西，不能得人的滋味，又不能飽，「用心如鏡」是人痴想。俗眼別勢名，勢名蔽人心。

「毋貽盲者鏡。」鏡子是獃子。鏡子抽刀斷水、刻舟求劍，只見睫毛不見川流，知今不知古。鏡子不能駐人、適人、飽人，不能載人致遠，不能禦寒暍，鏡子裡沒有黃鸝鳥，沒有龍頭鳳尾花。鏡子照不破身外的黑暗，也照不

一　誕人：即「騙人」。台語「臭誕」是「亂騙人」的意思。

破欲恨所生的心中巨夜。多事的科學家要幫助害目的人看見，而世人心志盲瞽的滿滿皆是。

「毋貽盲者鏡。」請給他一朵花，一朵有茉莉形狀香氣的花，一朵有荷花顏色香氣的花，一朵芳氣有如綠色閃電小擊人面的花，一朵帶著登高望遠之氣的花。請給他一片葉子，一片烟涌小鈴形狀馨芳的葉子，一片令人聯想處女臍孔幽香的葉子，一片馥烈帶刺叫人難忘的葉子，一片可以調和五味想如九層的葉子，讓他知道每一種葉子都有不同的肌膚、臉龐、體態、嗅氣和滋味。請給他一藤龍珠果，叫他知道植物也有長時鐘、長睫毛的。給他一株金桂，教他做桂花醬，桂花可以釀幻酒。給他一顆安石榴，讓他嘗嘗詩神之味。給他一盆風信子，風信子花可以為他召來希臘諸神。給他一支藕鐧，讓他知道人世可以出淤泥而不染。給他一顆苦薤的果子，人世酸甘若此。

「毋貽盲者鏡。」不要送鏡子給視力翳礙的人，春初時牽他到茄冬樹下淋花雨，夏盛時帶他到荷塘觸荷風，高秋時陪他到茱萸小林散步，冬來梅香暗幽渡人心。不要用耳朵聽，用心聽；不要用心聽，用氣聽。氣，虛以待物；世人多偏盲，惟一志，而虛以待物。人哪裡只有形骸有盲、聾呢？心志盲聾便直墜地獄。

不要送鏡子給目精凝翳的人，「久客青銅亦華鬢」。教他抱一欉火焰木；隨時高華輻射生，火赤炙赫暮焦隕。教他抄[二]一列白千層[三]；人事推移如蛇蛻，芽葉初心玉樹油。教他批[四]一岸英雄樹；追攀高枝終墜落，轉成敗絮沙泥污。唯燒去妄念者，得生之冠冕。給他一株矛盾草，給他一根雪松針，給他一朵倒懸的清涼火焰；讓他聽馬勒（Mahler），聆宇宙運行的聲音，讓他聽巴哈（Bach）、德布西（Debussy），飛想風的流行、水的變態。給他一支小號，給他一面鼓，任他吹出日車行空的金黃，擊出胸中鬱硉的雷聲；給他一把吉他，教他撥出心中的碎金；給他一床琴，教他體會山水的靜穆、顛狂；給他一只鈴，叫他喚醒一樹梨花；給他一把二胡，教他抽引人生之繭，悲歡宛轉之緒；給他一張揚琴，教他召喚沙底千年的怨魂；給他一面琵

二　抄：用手摩娑。台語。

三　白千層：樹名，狀似有剝落不盡之樹皮，葉揉碎後味芳香。

四　批：手擊。台語，中古漢語。

琶，教他攄寫海上廝殺的風暴。最後再給他一支笛，教他常日街行的容與。安處一切哀樂橫逆，便不成為「瞎屢生[五]」。「毋貽盲者鏡，鏡像構人痴，人痴睛生手，摸象成箕臼，成箕臼，成床索，成甕，成蘿菔根。」

給他一粒種子，給他一隻昆蟲，給他一塊礦石，給他一座觸覺的花園，給他一山鳥獸蟲魚語言的森林，給他一汪嗅覺的淵海，給他一澤味覺的巨藪。西方科學研究云：「人對外在世界的認識百分之八十以上倚賴視覺。」多可怕啊！盲人不因「目無以接物」，因成廢人。事物都有它適宜發揮作用的時刻，也有不用它的時候。盲者雖不能見有形之形，可以見無形之形，教之以「金目」，便知「人各哀其所生」。告訴他海倫．凱勒的故事，告訴他荷馬、左丘、師曠的故事，告訴他無耳芳一的傳說，告訴他卡爾維諾的事蹟。智人無務，不若愚而好學，日就月將，便能有緝熙於光明。

「毋貽盲者鏡。」用睫毛刷刷你的掌心，用睫毛觸觸你底愛人的琴絃，忘記世俗的耳目之見，感激天地的豐籟深奧，努力把自己射向心中的山川。

五　瞎屢生：永遠只持那個見解，所以不斷在輪迴中打轉。

麥田文學280

人雉

作者　黃翰荻
責任編輯　林秀梅　莊文松
國際版權　吳玲緯
行銷　陳麗雯　蘇莞婷
業務　李再星　陳玫潾　陳美燕　枻幸君
副總編輯　林秀梅
副總經理　陳瀅如
編輯總監　劉麗真
總經理　陳逸瑛
發行人　涂玉雲
出版　麥田出版
台北市104民生東路二段一四一號五樓
電話　(886)2-2500-7696
傳真　(886)2-2500-1966, 2500-1967
發行　英屬蓋曼群島商家庭傳媒股份有限公司城邦分公司
台北市104民生東路二段一四一號二樓
客服服務專線　(886)2-2500-7718, 2500-7719
二十四小時傳真服務　(886)2-2500-1990, 2500-1991
服務時間　週一至週五　09:30-12:00, 13:30-17:00
郵撥帳號　19863813　戶名：書虫股份有限公司

讀者服務信箱　service@readingclub.com.tw
麥田網址　http://ryefield.com.tw
香港發行所　城邦(香港)出版集團有限公司
香港灣仔駱克道一九三號東超商業中心一樓
電話　(852)2508-6231
傳真　(852)2578-9337
E-mail: hkcite@biznetvigator.com
馬新發行所　城邦(馬新)出版集團【Cite(M)Sdn. Bhd.(45832U)】
41, Jalan Radin Anum, Bandar Baru Sri Petaling,
57000 Kuala Lumpur, Malaysia.
電話　(603)9057-8822
傳真　(603)9057-6622
設計　黃瑪琍
排版　宸遠彩藝有限公司
印刷　鴻友印前數位整合股份有限公司
出版　二〇一五年二月一日　初版一刷
定價　三五〇元
ISBN　978-986-344-198-4

國家圖書館出版品預行編目資料
人雉／黃翰荻著. －－初版. －－臺北市：麥田出版：家庭傳媒城邦分公司發行，2015.02
面；－－公分. －－(麥田文學；280)
ISBN 978-986-344-198-4(平裝)